Sp Pammi
Pammi, Tara
Ambición inconfesable /

34028081636483
JC $4.99 ocn890623348
05/07/15

W9-CHV-092

Tara Pammi

Ambición inconfesable

Editado por HARLEQUIN IBÉRICA, S.A.
Núñez de Balboa, 56
28001 Madrid

© 2014 Tara Pammi
© 2014 Harlequin Ibérica, S.A.
Ambición inconfesable, n.º 2346 - 5.11.14
Título original: A Deal with Demakis
Publicada originalmente por Mills & Boon®, Ltd., Londres.

Todos los derechos están reservados incluidos los de reproducción, total o parcial. Esta edición ha sido publicada con autorización de Harlequin Books S.A.
Esta es una obra de ficción. Nombres, caracteres, lugares, y situaciones son producto de la imaginación del autor o son utilizados ficticiamente, y cualquier parecido con personas, vivas o muertas, establecimientos de negocios (comerciales), hechos o situaciones son pura coincidencia.
® Harlequin, Bianca y logotipo Harlequin son marcas registradas por Harlequin Enterprises Limited.
® y ™ son marcas registradas por Harlequin Enterprises Limited y sus filiales, utilizadas con licencia. Las marcas que lleven ® están registradas en la Oficina Española de Patentes y Marcas y en otros países.
Imagen de cubierta utilizada con permiso de Harlequin Enterprises Limited. Todos los derechos están reservados.

I.S.B.N.: 978-84-687-4744-6
Depósito legal: M-23720-2014
Editor responsable: Luis Pugni
Impresión en CPI (Barcelona)
Fecha impresion para Argentina: 4.5.15
Distribuidor exclusivo para España: LOGISTA
Distribuidor para México: CODIPLYRSA
Distribuidores para Argentina: interior, BERTRAN, S.A.C. Vélez Sársfield, 1950. Cap. Fed./ Buenos Aires y Gran Buenos Aires, VACCARO SÁNCHEZ y Cía, S.A.

Capítulo 1

LA SEÑORITA Nelson está aquí, Nikos.

Nikos Demakis miró su reloj y sonrió. Al parecer, su pequeña mentira había funcionado, aunque en ningún momento había dudado de que fuera a ser así.

–Diga a seguridad que la suban –dijo, y a continuación se volvió hacia sus invitados.

Otro hombre habría sentido al menos una punzada de remordimiento por haber manipulado la situación de aquel modo, pero no Nikos.

Cada vez le estaba resultando más insoportable ver a su hermana siguiendo a su novio, tratando de que Tyler recordara y interpretando el papel de amante trágica hasta la saciedad. Era obvio que había subestimado el poder que tenía Tyler sobre ella. El anuncio de su compromiso había llamado la atención incluso de Savas, su abuelo. Como Nikos esperaba, este le había dado un ultimátum. Otra excusa del viejo tirano para retrasar su nombramiento como director general de Demakis International.

«Resuelve el asunto de Venetia y la empresa es tuya, Nikos. Cancélale la cuenta del banco, quítale su lujoso coche y sus lujosas ropas. Enciérrala. Olvidará a ese chico en cuanto empiece a recordar lo que es pasar hambre».

Nikos sintió que el estómago se le revolvía al recordar las palabras de Savas.

Ya era hora de hacer salir al encantador Tyler de la vida de su hermana, pero no tenía intención de hacer pasar hambre a Venetia para conseguirlo. Nikos había hecho y estaba dispuesto a hacer lo que fuera por la supervivencia, excepto hacer daño a su hermana. Pero el mero hecho de que Savas le hubiera planteado aquella opción resultaba realmente inquietante.

Su expresión debió de reflejar su desagrado, porque Nina, la morena de largas piernas con la que solía verse cuando estaba en Nueva York, se alejó al otro extremo del salón.

–La señorita Nelson querría que se reuniera con ella en el café que hay al otro lado de la calle.

Nikos frunció el ceño cuando su secretaria regresó para decirle aquello.

–No.

Ya suponía suficiente problema tener que tratar con una mujer emocionalmente inestable como para tener que enfrentarse con dos en los días que se avecinaban. Quería acabar con todo aquello cuanto antes para poder volver a Atenas. Estaba deseando ver la reacción de Savas cuando le pusiera al tanto de su triunfo. A pesar de las negativas predicciones de su abuelo, acababa de firmar un contrato de un billón de dólares con Nathan Ramírez, un prometedor empresario que quería los derechos exclusivos para desarrollar unos terrenos de una de las dos islas que poseía la familia Demakis desde hacía casi tres siglos. Aquella era una victoria que Savas no iba a poder pasar por alto.

Pero el duro mes de negociaciones que acababa de pasar había supuesto una gran acumulación de tensión, y su cuerpo anhelaba liberarse practicando sexo. Terminó de un trago la copa de champán que sostenía e hizo una seña a Nina. La señorita Nelson podía esperar.

Acababa de detenerse con Nina ante la puerta de su suite cuando el sonido de una risa procedente del pasillo les hizo detenerse. Tras pedir a Nina que volviera al salón, Nikos fue al pasillo. La escena con la que se encontró hizo que la pregunta que iba a hacerle a su guardia de seguridad no llegara a surgir de sus labios.

Ante sí había una mujer arrodillada en el suelo con los brazos en torno al abdomen, respirando agitadamente. El guardia de seguridad, Kane, estaba inclinado sobre ella, mirándola con gesto preocupado.

–¿Kane? –dijo Nikos mientras se acercaba a ellos acuciado por la curiosidad.

–Lo siento señor Demakis –contestó Kane mientras palmeaba delicadamente la delgada espalda de la mujer con su enorme mano, un gesto extrañamente familiar para ser alguien a quien acababa de conocer–. Lexi se ha negado a utilizar el ascensor para subir.

Lexi Nelson.

Nikos miró la cabeza aún inclinada de la mujer, cuya agitada respiración hacía que sus delicados hombros subieran y bajaran al ritmo de esta.

–¿Que ha hecho qué?

–Ha dicho que nadie iba a obligarla a meterse en un ascensor. Por eso me ha pedido que lo llamara para pedirle que se reuniera con ella en la cafetería de enfrente.

Nikos ladeó la cabeza y contempló un momento las puertas del ascensor. Mientras lo hacía, una frase procedente del informe sobre Lexi Nelson surgió en su mente.

En una ocasión estuvo atrapada en un ascensor durante diecisiete horas.

–¿Ha subido andando diecinueve pisos? –insistió, incrédulo.

Kane asintió y Nikos notó que su respiración también estaba un poco agitada.

–¿Y tú has subido con ella? –añadió.

–Sí. Le he advertido que iba a desmayarse a mitad de camino –el robusto guardia dedicó una mirada incongruentemente cálida a la joven–. Pero ha tenido el valor de retarme.

Extrañamente fascinado, Nikos contempló la escena. Kane golpeó juguetonamente un hombro de la señorita Nelson, que de pronto se irguió y le dio un codazo con una sorprendente energía para ser alguien tan... diminuto.

–Pero he estado a punto de ganarte. ¿A que sí? –dijo la joven, aún jadeante, y Kane rio.

Lexi Nelson debía de medir poco más de un metro cincuenta, y su cabeza apenas llegaba al hombro de Kane. Debido a la corta falda y a las botas altas que vestía, gran parte de aquel tamaño parecía corresponder a sus piernas... unas piernas que suponían una auténtica distracción.

Sus hombros eran delgados hasta el punto de la delicadeza, y sus pequeños pechos tan solo se hacían visibles debido a su aún agitada respiración. Sus grandes y alargados ojos, asentados en un rostro perfectamente oval, de un deslumbrante color azul claro, eran el único rasgo que merecía la pena contemplar. Su boca, demasiado ancha para su pequeño rostro, aún seguía curvada sonriendo a Kane.

Llevaba una corta melena rubia que, sumada a su delgado y pequeño cuerpo, hacía que pareciera una joven adolescente más que una mujer adulta. Excepto por la fragilidad de su rostro.

La imagen de una amazona en su arrugada camiseta, una amazona de largas piernas y poderosos pechos vestida de cuero negro y con una pistola en la mano, invitaba a una segunda mirada, y no solo por el exquisito detalle del dibujo, sino también por el contraste con la mujer que la vestía.

–Acompaña a la señorita Nelson a mi despacho, por favor, Kane. Aquí está causando demasiada distracción –Nikos vio que la joven fruncía ligeramente el ceño–. Espere en mi oficina. Acudiré a verla en media hora.

Lexi Nelson apretó los labios mientras Nikos Demakis giraba sobre sus talones y salía. Aquel hombre era un maleducado... pero tenía un trasero espectacular. Sorprendida por su propio pensamiento, observó sus anchos hombros y su arrogante caminar mientras se alejaba.

Ni siquiera había llegado a verlo bien, y sin embargo tenía la sensación de haberlo irritado. Ignorando la llamada de Kane, siguió los pasos de Nikos Demakis mientras se preguntaba qué había hecho para irritarlo.

Había subido diecinueve pisos andando y había estado a punto de sufrir un ataque al corazón, pero no podía arriesgarse a irse antes de averiguar cómo estaba Tyler. Tenía planeado perseguir a Nikos Demakis toda la semana, decidida a obtener respuestas, hasta que había recibido una llamada de su secretaria para citarla. En cuanto había dicho su nombre en recepción, prácticamente la habían empujado hacia un ascensor del que había huido a toda prisa.

Lexi se detuvo en seco al entrar en un elegante salón tenuamente iluminado cuyos ventanales ofrecían una fantástica vista de Manhattan. En un costado del salón había una relumbrante barra de bar.

Fue como entrar en otro mundo, y tuvo que obligarse a cerrar su sorprendida y abierta boca. Mientras estaba ocupada contemplando el lujoso salón, un grupo de unos diez hombres y mujeres se habían quedado mirándola con diferentes niveles de sorpresa reflejada en sus rostros.

Lexi les dedicó una amplia sonrisa mientras aferraba con fuerza la tira de cuero de su bolso.

Al darse cuenta de que lo había seguido, Nikos Demakis se apartó de la espectacular morena con la que estaba a punto de salir por la puerta que había en el otro extremo del salón y se encaminó hacia ella.

–Le había pedido que esperara en mi oficina, señorita Nelson.

Lexi sintió que su cerebro procesaba la información con más lentitud al estar ante un hombre tan descaradamente atractivo. Sus ojos, enmarcados por unas espesas y negras pestañas, la retaban a bajar la mirada. Su traje italiano, sin duda hecho a medida, cubría con elegancia la amplitud de sus hombros y su estrecha cintura. Lexi experimentó un revoloteo de mariposas en el estómago cuando contempló su fascinante rostro.

No había duda de que Nikos Demakis era el hombre más guapo y atractivo que había visto en su vida. Debía de medir casi un metro noventa y, con su apostura, parecía el hombre con el que había estado soñando aquello últimos meses, su pirata del espacio, el infame capitán que había secuestrado a su heroína, la señorita Havisham, empeñado en abrir el portal del tiempo.

Tuvo que contener el impulso de introducir la mano en su bolso para sacar el lápiz de carboncillo que siempre llevaba consigo. Había hecho muchos bocetos de aquel personaje, pero no se había quedado satisfecha con ninguno. Nikos Demakis era la personificación viva de Spike, el pirata del espacio.

–¿Está usted bebida, señorita Nelson?

Lexi se ruborizó intensamente al darse cuenta de que había murmurado en alto su último pensamiento.

–Claro que no. Es solo que...

–¿Solo que qué?

–Me ha recordado a alguien –dijo Lexi con una sonrisa.

–Si ya ha dejado de soñar despierta, podemos hablar –dijo Nikos a la vez que señalaba una puerta que había a espaldas de Lexi.

–No hace falta que abandone su fiesta. Solo quiero saber cómo está Tyler.

–No vamos a hablar aquí –insistió Nikos con firmeza–. Vamos a mi oficina.

Lexi se humedeció los labios con la lengua y se apartó para dejar pasar a Nikos. El tamaño de aquel hombre, unido al inexplicable y evidente desprecio de su mirada, hicieron surgir sus peores temores.

–No hay nada de qué hablar, señor Demakis –dijo con toda la firmeza que pudo–. Solo quiero saber dónde está Tyler.

Nikos no dejó de avanzar mientras hablaba por encima del hombro.

–No era una petición –dijo con acerada frialdad.

Al darse cuenta de que estaba contemplando su espalda, Lexi lo siguió instintivamente. Unos momentos después entraban en su despacho. Un enorme escritorio de caoba presidía el centro de este. A un lado del escritorio había una zona de estar, y al otro un completo equipo informático.

Nikos se quitó la chaqueta y la dejó en el respaldo de una silla. Su inmaculada camisa blanca hizo que pareciera aún más grande, más ancho, más moreno. Se apoyó de espaldas contra el borde de la mesa y miró a Lexi con severidad a la vez que se cruzaba de brazos.

–Le había pedido que esperara.

Lexi se ruborizó y alzó la mirada. ¿Qué hacía mirando con tal descaro los muslos de aquel hombre?

–He subido diecinueve pisos andando para robarle unos minutos de su tiempo. Dígame cómo está Tyler y me iré.

Cuando Nikos se apartó del escritorio, Lexi tuvo que hacer verdaderos esfuerzos para no apartarse a un lado como un pajarillo asustado. También tuvo que luchar de nuevo contra el repentino afán de alisarse el pelo y la camiseta mientras él le dedicaba una mirada tan invasiva como despectiva.

–¿Acaba de salir de la cama, señorita Nelson?

Lexi se quedó boquiabierta. Aquel hombre era un cerdo sin modales.

–Lo cierto es que sí. Estaba durmiendo tras una fiesta cuando recibí su llamada, así que espero que disculpe que mi atuendo no vaya a juego con su decoración de un millón de dólares. Puede que usted no tenga nada mejor que hacer que holgazanear con su novia, pero yo tengo un trabajo. A algunos de nosotros no nos queda más remedio que trabajar para vivir.

Aquello pareció divertir a Nikos.

–¿De verdad piensa que no trabajo?

–Si lo hace, ¿a qué viene esa desdeñosa actitud, como si su tiempo fuera más valioso que el mío? Es obvio que gana más dinero por minuto que yo, pero yo me pago la comida con el mío –dijo Lexi, conmocionada por lo enfadada que se estaba poniendo–. Y ahora, cuanto antes responda a mi pregunta, antes lo dejaré en paz.

Cuando Nikos dio un paso hacia ella, el corazón de Lexi latió más rápido, pero logró mantenerse en su terreno, negándose a dejar ver hasta qué punto le afectaba su proximidad.

–Ha venido aquí por su querido Tyler. Nadie la ha obligado. Si quiere, puede marcharse por donde ha venido.

Lexi quería hacer precisamente aquello, pero no podía. Nikos Demakis no tenía ni idea de cuánto le había costado ir a su despacho.

–Recibí una llamada de alguien que se negó a identificarse y que me informó de que Tyler había sufrido un accidente de coche junto con su hermana –Lexi se preguntó si Nikos estaría reaccionando así con ella debido a lo preocupado que estaba por su hermana. Probablemente se habría mostrado más humano en otras circunstancias–. ¿Cómo están? ¿Su hermana también resultó herida?

Nikos frunció el ceño mientras la miraba.

–Está preguntando por la mujer que le robó el novio... –se volvió para tomar una carpeta de su escritorio y ojeó su contenido–. Un novio con el que había estado once años.

Lexi apretó los puños.

–Pensaba que tal vez había algún motivo que justificara su arrogante y gruñona actitud, como, por ejemplo, la preocupación que siente por su hermana, pero es evidente que es un asno por naturaleza.... –Lexi se interrumpió en seco al ver la palabra «Nelson» escrita en rojo en la portada de la carpeta.

Con la velocidad de un rayo, se acercó a él y le

quitó la carpeta de las manos, aunque no encontró ninguna satisfacción en la evidente sorpresa de Nikos Demakis. Revisó rápidamente el contenido con un frío temor atenazándole el pecho. Había páginas y páginas de información sobre ella y Tyler, incluyendo algunas fotos.

Pasó un año en un centro de detención juvenil a los dieciséis años por robar en una casa.

Aquellas palabras, escritas bajo una de sus fotos, parecieron saltar del papel para abrasar su piel. A pesar del frescor reinante en el despacho, unas gotas de sudor se deslizaron entre sus omoplatos. Dejó caer la carpeta que sostenía en las manos.

–Se supone que esos son informes confidenciales –dijo, esforzándose por contener las oleadas de vergüenza. Un instante después avanzó hacia Nikos Demakis y lo empujó con las manos contra el pecho mientras la injusticia de todo aquello hacía surgir su genio–. ¿Qué está pasando? ¿Por qué tiene esa información sobre mí? ¡Nunca nos habíamos visto hasta ahora!

–Cálmese, señorita Nelson –dijo Nikos en tono calmado mientras la sujetaba por las muñecas.

Ver sus pequeñas manos en aquellas tan enormes y morenas conmocionó a Lexi, que las apartó de un violento tirón. ¿Cómo se atrevía aquel hombre a juguetear con ella?

–Si esa información sale a la luz, perderé mi trabajo –dijo, angustiada–. ¿Sabe lo que se siente cuando apenas se tiene para comer, señor Demakis? ¿Sabe lo que es sentir que tu estómago se va a devorar a sí mismo si no logra comer algo pronto? ¿Sabe lo que supone no tener un techo bajo el que dormir? Y así es como acabaré –miró a su alrededor, la gruesa alfombra color crema, la vista de un millón de dólares de las ventanas, el traje de diseño de Nikos, y rio con desprecio–. Pero por supuesto que no lo sabe. Seguro que nunca ha llegado a saber lo que es tener hambre.

Por un instante, la mirada de Nikos destelló con una intensidad casi salvaje.

–No esté tan segura de eso, señorita Nelson. Le sorprendería lo bien que conozco la urgencia de sobrevivir –dijo mientras se agachaba a recoger la carpeta–. Me da igual si tuvo que robar en una casa o en las casas de toda una calle para alimentarse. Lo único que me interesa del informe es su relación con Tyler –añadió mientras alargaba la carpeta hacia Lexi–. Haga lo que quiera con el informe.

Nikos sonrió cuando Lexi tomó el informe, se acercó a la trituradora de papel que se hallaba junto al equipo informático y, con apenas controlada vehemencia, introdujo los folios en su interior.

Pero Nikos ya sabía que Lexi tenía veintitrés años, que había crecido en un hogar adoptivo, que apenas tenía educación, que trabajaba de camarera en un club de Manhattan llamado Vibe, y que había tenido un novio, el encantador Tyler.

Dada su historia personal con Tyler y la relación de codependencia entre ellos, Nikos esperaba encontrarse con alguien dócil, manejable, sin autoestima.

Pero aunque pequeña, y no precisamente una belleza, Lexi Nelson no encajaba en ninguna de aquellas categorías. La tensa actitud de sus hombros, la recta espalda, incluso su postura, con las piernas separadas y las manos en las caderas, le hizo sonreír. El hecho de que no fuera como había esperado significaba que debía alterar su estrategia.

Lexi se volvió con un brillo de satisfacción en la mirada mientras se escuchaba el ronroneo de la trituradora en marcha.

–¿Ya está satisfecha?

–No. Por supuesto que no. Sea lo que sea lo que haya leído en ese informe, debo decirle que no soy ninguna idiota. Lo que he triturado es una copia. Seguro que su secretaria tiene el original.

Nikos alzó una ceja al ver que Lexi tomaba un pisapapeles de su escritorio, lo lanzaba al aire y volvía a tomarlo.

–En ese caso, ¿qué sentido ha tenido destruirlo?

Lexi volvió a lanzar el pisapapeles al aire sin apartar su azul mirada del rostro de Nikos.

–Ha sido un acto simbólico, porque por mucho que lo desee... –Lexi señaló con un gesto de la cabeza la trituradora que había a sus espaldas a la vez que atrapaba el pisapapeles en el aire– no puedo hacerle lo mismo a usted.

Nikos se acercó a ella en dos zancadas y tomó el pisapapeles de su mano. Lexi se encogió como un gatito asustado.

–No tengo intención de hacerle ningún daño, señorita Nelson.

–Sí, claro. Y yo soy una modelo de Victoria Secret.

Nikos no pudo evitar soltar una carcajada.

–Es un poco bajita para ser modelo... –Nikos detuvo la mirada en sus pequeños pechos antes de añadir–: Y tiene algunas carencias en determinados puntos estratégicos.

Lexi se ruborizó intensamente, pero alzó la barbilla y lo miró a los ojos.

–Entonces: ¿a qué ha venido ese despliegue de poder? Está claro que no ha abierto ese informe ante mí para repasar los datos. Quería que supiera que tiene toda esa información sobre mí. ¿Es así como disfruta, señor Demakis? ¿Informándose de los puntos débiles de las personas para utilizarlas?

–Sí –contestó Nikos sin dudarlo. No tenía por costumbre hacerse ilusiones sobre sí mismo. Utilizaba la información sin ningún reparo, tanto en los negocios como en la vida. Y estaba especialmente dispuesto a hacer cualquier cosa por el bienestar de su hermana–. Necesito que haga algo por mí y no puedo aceptar un no por respuesta –añadió.

Capítulo 2

LEXI lo miró con incredulidad.

–¿Y no se le ha ocurrido que todo podría haber ido mejor si me lo hubiera pedido amablemente?

–¿Amablemente? –repitió Nikos–. ¿De qué planeta viene? No se consigue nada en este mundo con mera amabilidad. ¿No le ha enseñado la vida eso? Si quieres algo tienes que tomarlo y sujetarlo fuerte con ambas manos, o te quedas sin nada. ¿No fue ese el motivo por el que robó en esa casa?

–Que la vida sea dura no quiere decir que haya que perder la perspectiva respecto a las cosas buenas. Robé en la casa porque de lo contrario habría pasado un día más sin comer. Y, ahora, haga el favor de decirme qué le ha pasado a Tyler.

Las palabras de Lexi impresionaron a Nikos. Aquella mujer era una auténtica paradoja.

–Venetia y él tuvieron un accidente de coche. Tyler no ha sufrido ningún problema físico.

Lexi cerró un instante los ojos y respiró profundamente.

–La persona que me ha llamado me ha hecho pensar que había sido mucho peor. He insistido para que me diera más detalles, pero no ha respondido –dijo, y a continuación se puso a caminar en círculos en torno a Nikos, que captó el aroma de un delicado perfume, pero no supo de cuál se trataba. De pronto, se detuvo ante él y lo miró con gesto desafiante.

–Ha sido cosa suya, ¿verdad? Ha hecho que me llamara alguno de sus empleados y le ha dicho que no me diera demasiada información. ¿Por qué?

–Necesitaba que viniera aquí.

–Y para ello ha manipulado la verdad.

–Un poco. Cuando se trata de conseguir lo que quiero no tengo conciencia, sobre todo si es algo relacionado con mi hermana, señorita Nelson. De manera que pierde el tiempo si espera que vaya a sentirme culpable. Excepto por un pequeño problema de memoria, su ex está bien.

–¿Un pequeño problema de memoria?

–Una pérdida de memoria a corto plazo. Para la eterna angustia de mi hermana, Tyler no recuerda nada de la última vez que se vieron ni de sus planes de matrimonio.

Nikos hizo una pausa y observó atentamente el rostro de Lexi. Como esperaba, se había puesto pálida.

–¿Están comprometidos? –preguntó Lexi.

Nikos asintió.

Lexi se pasó una temblorosa mano por la nuca.

–No entiendo por qué me está contando esto.

–Porque lo único que recuerda Tyler es a usted. No para de preguntar por usted y Venetia se está volviendo loca.

Nikos esperaba ver una expresión de triunfo en la mirada de Lexi, una demostración de puro rencor femenino. Se preparó para una avalancha de lágrimas y lamentos. Al menos, así era como había reaccionado Venetia a pesar de que no había sufrido un solo rasguño en el accidente. Y cuando los médicos le habían informado de la pérdida de memoria de Tyler, prácticamente había adoptado el papel protagonista de una tragedia de Shakespeare.

Pero los segundos fueron pasando y las lágrimas no aparecieron en los ojos de Lexi.

–¿Y dónde está ahora Tyler, señor Demakis?

El destello de dolor que captó en la mirada de Lexi enmudeció momentáneamente a Nikos. A pesar de lo mucho que detestaba los berrinches, en el fondo quería que le diera uno. Podía enfrentarse a un berrinche. Pero no quería saber nada del dolor y la emoción que había captado en su mirada. Le había hecho recordar otro dolor, hasta tal punto que había sentido un escalofrío. Se había esforzado mucho para mantener el recuerdo del rostro de su padre bien oculto, y así era como quería que siguieran las cosas.

–En nuestra isla, en Grecia –contestó, finalmente.

–Por supuesto, no basta con que usted y su hermana sean tan guapos y divinos. También poseen una isla –dijo Lexi con ironía–. Pero basta ya de rodeos. ¿Qué es lo que quiere de mí?

–Venga conmigo a Grecia y ocúpese de Tyler. Venetia no dejará de volver loco a todo el mundo hasta que Tyler la recuerde.

–Supongo que está bromeando –dijo Lexi, asombrada–. ¿Hay algún sitio en el que diga que la amnesia se cura dándole a un interruptor? ¿O con el beso de una ex?

–Tyler quiere volver a Nueva York para verla –dijo Nikos mientras se reunía con ella en la zona de descanso del despacho–. Pero Venetia no quiere perderlo de vista hasta que recuerde su gran amor. La confusión de Tyler y el drama que está montando mi hermana me están volviendo loco.

–¿Y por qué debería preocuparme eso?

–No tiene por qué preocuparle. Por eso he tenido que manipular un poco la verdad.

Lexi se tensó y contuvo el aliento en cuanto Nikos se acercó a ella. Nikos estuvo a punto de mascullar una maldición y, en lugar de sentarse a su lado en el sofá, lo hizo en la mesita de café.

–Lo que más deseo en el mundo es solucionar el futuro de mi hermana, y para lograrlo necesito que se reúna con ella y con Tyler en Grecia. Dada la larga historia que ha habido entre ustedes, seguro que Tyler no tarda en recuperarse. Recordará su eterno amor por Venetia y podrán cabalgar juntos hacia la puesta de sol –Nikos tuvo que esforzarse para no sonar demasiado burlón.

Lexi se apoyó contra el respaldo del sofá y cruzó las piernas.

–Hay que tener cara para pedirme ayuda para algo así.

Nikos sonrió. Había habido un evidente cambio en la actitud de Lexi. Ahora que sabía que la necesitaba estaba adaptando su actitud, como había hecho él. Para su sorpresa, aquella versión de la señorita Nelson le gustó bastante más que la anterior.

–Mi... hombría, no tiene nada que ver con esto. Es algo que quiero y necesito hacer por mi hermana, y lo estoy haciendo.

Ruborizada, Lexi apartó la mirada como si acabara de darse cuenta de lo que había dicho. Pero no tardó en recuperarse.

–Solo hace un mes hizo que dos de sus matones me echaran de su casa como si fuera una bolsa de basura –dijo en tono vehemente a la vez que lo señalaba con un dedo acusador.

Lexi no sabía hasta qué punto lamentaba Nikos haber hecho aquello. Para cuando Venetia decidió soltar su bomba precisamente en aquella fiesta anunciando su compromiso con Tyler, Lexi Nelson ya había sido echada de la casa.

–Había logrado saltarse todas las medidas de seguridad, había entrado en mis terrenos y había estado a punto de estropear la fiesta, señorita Nelson. Al parecer, su colorido pasado no ha quedado tan atrás como le gusta creer –dijo Nikos, y vio que Lexi volvía a ruborizarse–. Tuvo suerte de que no hiciera que la detuvieran por allanamiento.

–No pretendía hacer ningún daño. Lo único que quería era ver a Tyler.

–Ah, sí. El maravilloso Tyler, por quien, al parecer, está dispuesta a hacer lo que sea –Nikos se inclinó hacia delante y apoyó los codos en sus rodillas–. ¿El hecho de que no respondiera a sus insistentes llamadas telefónicas no le hizo comprender que no quería saber nada de usted?

–Sabía que estaba enfadado conmigo, pero no quería que cometiera un error.

–Seguro que en realidad no se creyó eso ni siquiera entonces, ¿verdad? Porque eso la convertiría en la mujer más patética del planeta.

–Vaya. Veo que no le gusta andarse con rodeos, ¿no, señor Demakis? –dijo Lexi con ironía.

–Le molesta escuchar la verdad en lugar de su versión romántica de ella, ¿no es cierto? –Nikos se pasó una mano por el pelo, enfadado por la fuerza de su propia reacción. No era asunto suyo decirle a aquella mujer que su amor por aquel chico le había hecho comportarse como una estúpida, pero sí lo era asegurarse de que a su hermana no le sucediera lo mismo–. Pero tiene razón. Me da igual el motivo por el que quisiera ver a Tyler. Lo único que me preocupa ahora es que se ocupe de él.

–¿Y por qué no se limita a traerlo de vuelta a Nueva York? Tyler y yo hemos vivido aquí toda nuestra vida. Estoy segura de que estar en un país desconocido entre desconocidos no le va a ayudar en nada.

–La respuesta a ese pregunta se resume en una palabra, señorita Nelson: Venetia.

Lexi asintió lentamente y se puso en pie.

–Ya he organizado las cosas con su jefe para que pueda salir de inmediato de viaje –añadió Nikos.

Lexi se volvió a mirarlo con un destello de rabia en la mirada.

–Por supuesto que lo ha hecho –dijo a la vez que se colgaba el bolso del hombro y se encaminaba hacia la puerta. Tras abrirla, se volvió de nuevo hacia Nikos–. No entiendo por qué necesitaba toda esa información sobre mí para esto.

–Digamos que quería asegurarme de que aceptara mi propuesta. Yo estaba con Venetia en un pasillo de la casa cuando usted logró introducirse sin permiso en mi fiesta. No tenía intención de hacerlo, pero escuché lo que le dijo Tyler.

Nikos percibió el estremecimiento de Lexi cuando escuchó sus palabras, cargadas de un desdén que no había querido ni podido ocultar.

–Me dijo que era una zorra egoísta, que no podía soportar el hecho de que se hubiera enamorado de otra mujer, que era incapaz de alegrarme por él –Lexi prácticamente recitó aquello como si lo hubiera estado leyendo en un libro.

–Tyler ni siquiera se molestó en defenderla cuando la echaron de la casa –añadió Nikos.

–Y usted pensó que ninguna mujer que se respetara a sí misma aceptaría ayudarlo después de eso, ¿no?

Nikos asintió.

–Pensé que haría falta algún estímulo adicional para convencerla. Pero es evidente que no.

Lexi alzó una ceja y volvió a elevar ligeramente la barbilla.

–¿No?

–A fin de cuentas, está aquí –dijo Nikos a la vez que se levantaba–. Apenas una hora después de recibir la llamada ha venido corriendo a por él, y ha sido capaz de subir diecinueve pisos andando. ¿Por qué ocultar que estaría dispuesta a hacer cualquier cosa por poder cuidar a Tyler?

A pesar de la increíble arrogancia de sus palabras, Lexi trató de recordarse que Nikos Demakis no la conocía y, por tanto, que su opinión no le importaba. Lo único que le importaba era su amigo, su familia, la única persona del mundo que siempre se había preocupado por ella. Tras las últimas y mordaces palabras de Tyler, tras su última discusión, finalmente había aceptado que, fuera lo que fuese lo que había entre ellos, no tenía futuro. Aunque aún no entendía por qué.

Sin duda, sería doloroso ver a Tyler con Venetia Demakis. Pero aquella podía ser también una oportunidad de enmendar las cosas, de recuperar a su amigo. Tyler había estado a su lado siempre que lo había necesitado. Ahora le tocaba a ella.

Pero el evidente desprecio del hombre que tenía ante sí no era algo fácil de digerir. Estaba claro que iba a decirle que sí, pero eso no significaba que tuviera por qué hacerlo en sus términos.

Lo miró a los ojos recordándose que Nikos Demakis la necesitaba tanto como ella necesitaba ver a

Tyler. No debía permitir ni por un momento que creyera que llevaba la voz cantante.

–Ha cometido un error de cálculo, señor Demakis. No tengo ningún interés en ayudarlo a usted o a su hermana. Al menos, no sin un precio –añadió.

–¿Qué es lo que quiere, señorita Nelson? –preguntó Nikos con el ceño fruncido

–Dinero –dijo Lexi, que experimentó una intensa satisfacción ante la expresión sorprendida de Nikos. Había pretendido enfadarlo, presionarlo de algún modo, y había dicho lo primero que se le había venido a la cabeza.

–Así que es una pequeña oportunista, ¿no? –murmuró él, mirándola con evidente interés.

Pero no hubo rencor en sus palabras. Lexi sonrió con toda la confianza que pudo para ocultar su confusión.

–Tengo que proteger mis intereses, ¿no cree? Me está pidiendo que ponga mi vida en suspenso y me fíe por completo de alguien como usted.

Nikos rio.

–¿Alguien como yo?

–Sí. Según sus propias palabras, cuando se trata de conseguir lo que quiere carece de conciencia. ¿Y si las cosas no salen como pretende? Seguro que me culparía...

–¿A qué se refiere?

–¿Y si cuando recupere la memoria Tyler decide que no quiere seguir con Venetia?

Un destello casi salvaje iluminó por un instante la mirada de Nikos.

–Eso no debe suceder.

–Yo no tengo un hermano mayor dispuesto a rescatarme, ni ningún familiar que se preocupe por mi bienestar –dijo Lexi, tragándose la dolorosa verdad–. Su hermana y usted podrían perjudicarme, así que debo estar preparada.

–Le aseguro que la familia está sobrevalorada, señorita Nelson. Usted misma creció en un hogar de acogida. ¿No resulta revelador ese dato?

La vehemencia del tono de Nikos desconcertó a Lexi. Se había preguntado un millón de veces por qué habrían renunciado sus padres a ella, pero, aparte de una profunda tristeza, no había obtenido ninguna respuesta.

–Pero tiene una hermana que cuenta con usted ¿verdad? Y está empeñado en lograr que Tyler recupere la memoria y la recuerde para asegurarse de que tenga un futuro feliz.

–¿Y si no acepto sus condiciones? –Nikos dio un paso hacia Lexi, prácticamente arrinconándola contra la puerta–. ¿Y si en lugar de ello pongo al tanto a su jefe sobre su colorido pasado?

Lexi tuvo que hacer verdaderos esfuerzos para sostenerle la mirada y no escabullirse.

–¿De verdad sería capaz de destruir la vida de una perfecta desconocida simplemente porque no se adapta a sus planes?

–Desde luego que sí –murmuró Nikos a la vez que se inclinaba hacia ella y apoyaba una mano contra la puerta, junto a su cabeza–. No se equivoque conmigo. Estoy dispuesto a hacer lo que sea por asegurar la felicidad de mi hermana, y le aseguro que no sentiré ningún remordimiento por ello.

–Arruinar mi vida no le servirá para arreglar la de su hermana. Me necesita, y no le gusta –al ver que la boca de Nikos se tensaba, Lexi supo que le estaba dando la respuesta adecuada–. Por eso ha recopilado toda esa información sobre mí. Porque necesita tener la ilusión de que tiene el control sobre la situación. Ha convertido algo que estaba muy claro en un complicado juego. Yo lo habría dejado todo sin pensármelo dos veces para ocuparme de Tyler. Pero ahora solo pienso hacerlo si acepta mis condiciones –concluyó.

Sabía que estaba haciendo una apuesta peligrosa, pero no pensaba permitir que aquel hombre se comportara como una especie de matón con ella. Ni siquiera por Tylcr.

Nikos la miró un momento con los ojos entrecerrados.

–De acuerdo. Pero no olvide que acepto porque me conviene. De este modo, se convierte en mi empleada. Hará lo que le diga y luego no podrá alegar que la he manipulado.

–Realmente, no creo que fuera a perder el sueño si lo hiciera.

Nikos desnudó sus dientes en una sonrisa sorprendente e inesperadamente cálida.

–Bien. Veo que aprende deprisa, porque voy a ser yo quien le pague. Incluso haré que mis abogados redacten un contrato.

–¿No le parece que eso sería un poco exagerado? Voy a ir para ayudar a Tyler, no por otro motivo, ¿no?

En aquel momento alguien llamó a una puerta en la que no se había fijado Lexi. La morena que había visto antes con Nikos entró en el despacho con un encantador mohín en los labios. Sus larguísimas piernas la llevaron hasta él. Pasó un brazo por su cintura y lo atrajo posesivamente hacia sí.

–Pensaba que querías disfrutar de la fiesta, Nikos. ¿Cuándo vas a venir?

Nikos no apartó la mirada de Lexi. Una leve sonrisa curvó sus labios al ver que se había ruborizado.

–Creo que la señorita Nelson y yo ya hemos dejado zanjados nuestros asuntos, así que ya soy libre para volver a la fiesta, Nina.

Capítulo 3

NIKOS mascculló una violenta maldición.

Ya hacía tres días que Lexi Nelson había ido a verlo, y llevaba todo ese tiempo sin responder a las llamadas de su secretaria. Exasperado, había tenido que pedir a Kane que averiguara cuáles eran sus turnos en el club en el que trabajaba. Intensamente frustrado por sus inútiles intentos por persuadir a aquella mujer para que viajara a Grecia, había regresado a Nueva York.

Pero cuando por fin había acudido al club, a las cinco de la madrugada, Lexi Nelson ya no estaba allí. Intensamente irritado había ordenado a su chófer que lo llevara hasta el apartamento de Lexi en Brooklyn.

Pero, incluso después de su turno de diez horas, Lexi aún no había llegado. Incapaz de contener un minuto más su exasperación, y tras comprobar que la llave no estaba echada, Nikos había entrado en el apartamento. En una de las habitaciones había encontrado a un hombre y a una mujer pelirroja desnudos en la cama, a los que había interrogado sin preámbulos sobre el paradero de Lexi. La sorprendida mujer le informó de que Lexi había acudido a hacer otro turno en la cafetería que había a la vuelta de la esquina.

Nikos estaba ante la puerta de la cafetería a las nueve de la mañana, agotado, medio dormido y furioso.

Entendía la necesidad de dinero mejor que nadie. Él mismo era la personificación viva del afán de ganar dinero y poder, pero aquella mujer era demasiado.

Tras pedir a su chófer que regresara en unos minutos, entró en la cafetería. Había bastante clientela y movimiento, y necesitó unos momentos para localizar a Lexi ante la caja registradora. Sonreía a un cliente a la vez que le alcanzaba una bolsa de papel marrón.

En cuanto el cliente se volvió, Lexi se pasó las manos por el rostro. Nikos notó cómo le temblaban los dedos, y el ligero balanceo de su cuerpo cuando se volvió. Al mirar su rostro se fijó de inmediato en sus oscuras ojeras y en los esfuerzos que tuvo que hacer para mantener los ojos abiertos mientras dedicaba una encantadora sonrisa al siguiente cliente.

Los recuerdos se amontonaron en la mente de Nikos. No quería recordar, pero ver a Lexi a punto de desmayarse de agotamiento hizo que le resultara imposible no hacerlo.

Hacía mucho que no experimentaba aquella profunda desolación porque, a pesar de lo duro que le había hecho trabajar Savas durante los pasados catorce años, siempre había sabido que al final habría comida en su mesa. Pero antes de que Savas los recogiera a su hermana y a él de su vieja casa, cada día trascurrido tras la muerte de su madre había sido una lección de supervivencia.

Los amargos recuerdos del pasado sumados a su presente agotamiento le hicieron perder el control. Sin pensárselo dos veces, avanzó entre los clientes del café hacia la barra.

Al verlo, Lexi se quedó boquiabierta y dio un paso atrás.

–Señor Demakis...

Nikos no le dio opción de seguir hablando. Ignorando sus protestas, y los susurros asombrados de quienes los rodeaban, se acercó a ella, la tomó en brazos y salió del café.

–¿Qué cree que está haciendo? –preguntó Lexi, intensamente ruborizada.

–Sacarla de aquí.

Lexi se retorció en sus brazos, tratando de liberarse, pero apenas pesaba nada y no lo logró. El roce contra el pecho de Nikos de las inexistentes curvas de las que tanto se había burlado este provocó una desconcertante excitación en su cansado cuerpo.

–Deja de retorcerte, Lexi, o te dejaré caer –amenazó él a la vez que aflojaba repentinamente los brazos.

Lexi dio un gritito y se aferró con fuerza a él. Su cálido aliento acaricio el cuello de Nikos, que masculló una maldición.

La limusina apareció en aquel momento junto a la acera y Nikos esperó a que el chófer abriera la puerta. Luego se inclinó y prácticamente arrojó al interior a Lexi, que permaneció un momento de rodillas, dándole la espalda y ofreciéndole una visión perfecta de su respingón trasero cubierto por unos cortos vaqueros antes de acurrucarse en el rincón opuesto.

Nikos entró a continuación, se acomodó en el asiento y estiró las piernas. Cuando habló, y a pesar de saber que aquello no era asunto suyo, no se molestó en ocultar su enfado.

–Camarera de noche y de día. ¿Acaso tratas de suicidarte?

Lexi no se había sentido más conmocionada en toda su vida, algo realmente sorprendente dado que había huido de su hogar de acogida a los quince, había robado a los dieciséis y había estado trabajando desde los diecinueve en un bar de moda en Manhattan, en el que el escándalo era la norma más que la excepción.

–¡No puedo irme así como así! –exclamó, temblorosa–. Ordena a tu chófer que vuelva. Faith perderá su trabajo si no vuelvo.

Al ver que Nikos alargaba una mano hacia ella se quedó paralizada. La intensidad de su presencia en el reducido interior de la limusina estaba afectándola de un modo incomprensible.

Nikos deslizó la mano tras su cuello y le soltó el lazo que sujetaba su delantal verde. Al sentir el roce de sus dedos, Lexi tuvo que hacer un esfuerzo casi sobrehumano para permanecer quieta. Tras quitarle el delantal, Nikos lo tiró a un lado.

Incluso en el estado semicomatoso en el que se hallaba, Lexi experimentó una avalancha de sensaciones que apenas supo interpretar. Nunca había sido más consciente de su propia piel, de su cuerpo, que cuando Nikos estaba cerca de ella.

Sin dejar de observar cada uno de sus movimientos, Nikos le alcanzó una botella de agua.

–¿Quién es Faith? –preguntó con furia apenas contenida.

Desconcertada, Lexi abrió la botella y bebió un trago de agua antes de contestar.

–¿Por qué estás tan enfadado? –preguntó, incapaz de contenerse.

–¿Quién es Faith? –repitió Nikos entre dientes.

–Mi compañera de piso, a la que estaba sustituyendo. Últimamente ha estado enferma y le he hecho varios turnos. El jefe le dijo que, si perdía otro día, podía darse por despedida, algo que sucederá hoy gracias a ti.

Nikos se apoyó contra el respaldo del asiento y la contempló como un halcón.

–¿Qué aspecto tiene Faith?

–Tiene los ojos verdes, es bastante alta y lleva el pelo rubio.

–Pero su color natural es el pelirrojo, ¿no?

Lexi frunció el ceño, nuevamente desconcertada.

–¿Cómo puedes saber algo así? Te presentas de pronto en mi trabajo, te comportas como un auténtico cavernícola y ahora empiezas a hacerme preguntas extrañas sin...

–La última vez que miré, que fue hace más o menos una hora, tu supuesta amiga enferma estaba desnuda en la cama retozando con un hombre mientras tú te matabas haciendo su trabajo. Por lo que he podido ver, que ha sido bastante, estaba perfectamente.

–Faith no me mentiría... –empezó a decir Lexi, ruborizada.

Pero sabía que Faith sí mentiría. Y tampoco sería la primera vez. Sintió que su pecho se encogía y las manos le temblaron. Pero Faith era algo más que una mera compañera de piso. Era una amiga. Si no cuidaban la una de la otra, ¿quién lo haría?

Esforzándose por no mostrar su dolor, apoyó las manos en su regazo.

–Tal vez no era Faith –dijo, solo para librarse del interrogatorio.

–Tiene tatuada una rosa roja en el glúteo izquierdo y un dragón en el hombro derecho. Como nadie respondía a mis llamadas y la puerta del apartamento estaba abierta, he entrado. Por cierto, tu amiga también es aficionada a gritar cuando practica el sexo. Por eso he sabido que había alguien en el dormitorio.

Lexi apartó la mirada ruborizada. Aunque no hubiera sabido nada de los tatuajes, lo último habría bastado para confirmarle que Nikos estaba hablando de Faith.

–De acuerdo, Faith me ha mentido –dijo, incapaz de luchar contra el agotamiento que sentía–. Lo que no entiendo es por qué has sentido la necesidad de entrar en mi apartamento a interrogarla.

–Terminaste tu turno en el club a las cinco de la mañana y dos horas después aún no habías llegado a tu apartamento en Brooklyn. No entiendo cómo no has logrado matarte a lo largo de estos años.

Sin preocuparse por el asiento de cuero, Lexi subió las piernas y se rodeó las rodillas con los brazos. Vivía en la ciudad más energética del planeta e, incluso teniendo a Tyler cerca, había sentido la soledad como una segunda piel durante casi toda su vida. Las últimas palabras de Nikos no habían hecho más que remachar aquella verdad.

–No tienes por qué preocuparte por mí. Me tomo muy en serio mi propia seguridad –el enfado de Nikos no venía a cuento, pero suponía un peligroso atractivo.

–Me preocupo porque el bienestar de mi hermana depende de ti –replicó Nikos, cortante–. Te necesito fresca y en forma, no medio muerta en algún contenedor.

–No te agrada haberte sentido preocupado por mí, aunque solo haya sido un momento, ¿verdad? Al menos eso te hace un poco humano.

–No sabía que también ejercías la psiquiatría en tus ratos libres –replicó Nikos en tono cáustico.

Lexi suspiró y decidió ignorar su comentario.

–¿Qué más te da lo que hagan mis amigos? ¿Acaso

los has investigado también para poder manipularme un poco mejor?

–Tu amiga te ha mentido y se ha aprovechado de ti –Nikos la miró como si estuviera contemplando un insecto curioso que acabara de introducirse bajo su inmaculado zapato–. ¿Ni siquiera estás enfadada con ella?

–Faith no pretende...

–¿Hacerte daño? Sin embargo, parece que lo ha logrado.

Lexi se preguntó si la compasión que había percibido por un instante en la mirada de Nikos habría sido una alucinación debida al cansancio.

–Faith ha tenido una vida muy dura.

–¿Y tú no?

–No se trata de quién ha tenido la vida más dura o de quién merece más un favor, Nikos. Con todas sus mentiras y manipulaciones, Faith no tiene a nadie. Nadie se preocupa por ella. Y yo sé lo que es sentirse sola, algo sobre lo que no creo que sepas...

–Sé lo suficiente –interrumpió Nikos, tajante–. Aún no has firmado el contrato y me has obligado a volar de vuelta a Nueva York con el propósito expreso de acompañarte a Grecia.

–He estado ocupada.

Nikos se inclinó hacia ella con la agilidad de un felino. Pero Lexi debía de estar acostumbrándose a él, porque en aquella ocasión no se contrajo cuando alargó una mano hacia ella y deslizó un pulgar con delicadeza bajo sus ojos.

–¿Acaso estás pensándote lo de Tyler? ¿Has decidido que no merece la pena el dinero que estoy dispuesto a pagarte?

El mero hecho de recordar la exorbitante cantidad que había visto reflejada en el contrato que había recibido hizo que el corazón de Lexi latiera con más fuerza. Aquel dinero podría servirle para tomar clases de pintura en lugar de tener que ahorrar cada centavo, o para comprarse por fin algo de ropa decente, o para no tener que trabajar tanto y poder centrarse en el guion de su cómic sin tener que preocuparse constantemente por la siguiente comida o por conservar un techo sobre su cabeza.

Las posibilidades eran interminables, aunque también sabía que cualquier cosa que hiciera con aquel dinero estaría manchada.

Pero había otro motivo por el que no había querido firmar el contrato. Nikos Demakis se lo había ofrecido encantado. De hecho, había parecido más que encantado ante la posibilidad de convertirla en su empleada, porque aquello le daba un control casi absoluto sobre ella.

Si hubiera accedido a sus peticiones sin pedir una contrapartida, le habría estado haciendo un favor. Pero, si cobraba por ello, ya no era un favor.

–Respecto al dinero... –empezó, indecisa–. Estaba enfadada contigo por tu forma de manipularme. No puedo aceptar...

Nikos apoyó un largo y moreno dedo sobre los labios de Lexi, provocando un corto circuito en su ya alterado proceso mental.

–Desde que he tenido la mala suerte de conocerte, pedir dinero por ocuparte de Tyler ha sido lo más razonable e inteligente que has hecho. No lo rechaces ahora aferrándote a principios inútiles. Piensa en algo que siempre hayas deseado y nunca hayas podido permitirte, en toda la ropa bonita que podrías comprar.

Tal vez incluso en algo que pueda eclipsar a Venetia frente a tu ex.

Lexi se quedó mirándolo, boquiabierta. Al parecer, aquella era su expresión habitual cuando estaba con aquel hombre.

–No tengo ninguna intención de competir con Venetia. No me engañaría a mi misma pensando que podría lograrlo.

Nikos volvió a reclinarse contra el asiento y cruzó las piernas.

Eres una mujer muy peculiar, Lexi Nelson. ¿De verdad me estás diciendo que no has pensado en utilizar esta oportunidad para recuperar a Tyler?

–Sí, te lo estoy diciendo –replicó Lexi con firmeza. Le habría encantado recuperar a su amigo, desde luego, pero no pensaba enzarzarse en una guerra de chicas con Venetia para recuperar a Tyler, como suponía Nikos.

–Muy bien. Mi piloto aguarda. Nos vamos dentro de cuatro horas.

–No puedo irme dentro de cuatro horas –la ansiedad y la energía que necesitaba para hablar con aquel hombre empezaron a pasar factura a Lexi con el inicio de un dolor de cabeza–. Tengo que encontrar a alguien que subarriende mi habitación, tengo que llamar al fontanero para que arregle la cocina y he prometido a mi vecina echarle una mano dentro de un par de días, después de que la operen. No puedo irme así como así solo porque tu hermana no soporte no ser el centro del universo de Tyler unos días más.

–Me da igual todo lo que tuvieras pensado hacer por tus amigos parásitos, o por el mundo entero. No pienso esperar más, Lexi Nelson.

Lexi frunció el ceño.

–Yo no...

Nikos la silenció con una mirada.

–Eres una incauta.

Lexi se sentía demasiado agotada como para responder. No deberían dolerle las despectivas palabras de Nikos, pero le dolían, y eso demostraba que tenía razón.

–Tu habitación y el apartamento seguirán donde estaban cuando vuelvas. Si necesitas ayuda con algo más –Nikos deslizó un momento la mirada por la ropa de Lexi antes de continuar–, algo que te ataña exclusivamente a ti, que solo sea *tu* problema, puedo poner a mi secretaria a tu disposición.

–¿Y si no estoy de acuerdo?

–Eso da igual. Puedes elegir entre viajar como mi invitada o como mi cautiva.

–Eso se llama secuestro.

Nikos sacó un par de hojas de su cartera y se las alcanzó a Lexi junto con un bolígrafo.

–Me cuesta admitirlo, pero reconozco que debería haber hecho esto de otra manera –dijo en tono irónico–. Debería haberme presentado en tu puerta con el corazón en las manos para rogarte que me ayudaras con mi hermana. Debería haber tratado de convertirme en tu mejor amigo, haberte hablado de mi terrible infancia, haber simulado que estaba en mi lecho de muerte...

–De acuerdo, de acuerdo. Ya te he entendido –dijo Lexi en voz alta, interrumpiendo las burlonas palabras de Nikos. Siempre le había gustado ayudar si podía y no pensaba permitir que aquel experto manipulador le hiciera sentirse mal al respecto.

Apartó la mirada de su rostro y miró el documento que ya conocía. Había hecho que un amigo procurador le echara un vistazo, pero eso no había bastado para aplacar sus temores.

Sería empleada de Nikos durante dos meses y recibiría cincuenta mil dólares por ello. La mitad por adelantado y la otra mitad cuando terminara el trabajo.

Iban a pagarle una exorbitante cantidad de dinero por pasar unos días con Tyler en una isla griega, algo que probablemente no habría podido permitirse en toda su vida.

Sin embargo, mientras la limusina se detenía ante la puerta del edificio en el que estaba su apartamento, no pudo ignorar la sensación de que, además de cobrar, también iba a tener que pagar un alto precio por aquello.

Capítulo 4

NIKOS cerró su ordenador y rechazó con un gesto de la mano la bebida que le estaba ofreciendo la azafata. Hacía cuatro días que apenas dormía. Había sellado su acuerdo con Nathan Ramírez y por fin tenía una solución para el problema de Venetia. Sin embargo se sentía inquieto, con una especie de energía acumulada y reprimida palpitando bajo su piel.

Estaba deseando volver a su garaje a ensuciarse las manos de grasa. Necesitaba un descanso. En cuanto se asentaran las cosas con Venetia se la llevaría de vacaciones a Nueva York. Al pensar en Nueva York recordó de inmediato a la señorita Nelson. No se escuchaba el más mínimo ruido procedente de la cabina trasera. Había algo en aquella mujer que siempre lo tenía en vilo. Se levantó y fue hasta la cabina. Al entrar se quedó paralizado en el sitio.

Lexi estaba tumbada justo al borde de la cama, totalmente acurrucada, con los brazos firmemente ceñidos a las rodillas.

Su pelo dorado brillaba bajo la tenue luz reinante y tenía la boca abierta como un pez.

Su camiseta blanca no lograba ocultar el contorno de sus pequeños pechos. Un enorme reloj de plástico con una esfera en forma de calavera cubría casi toda su muñeca. Una considerable parte de su espalda quedaba expuesta por encima de sus vaqueros cortos. Unas delicadas pantorrillas y unos pies aún más delicados con las uñas pintadas de negro completaban la imagen.

A pesar de saber que debería salir de allí, Nikos fue incapaz de moverse.

Normalmente prestaba poca atención a las mujeres con las que se acostaba. Tomaba lo que quería de ellas y luego las olvidaba. Las mujeres solo le servían como liberación tras las extenuantes horas de trabajo que se autoimponía para lograr triunfar.

Pero la señorita Nelson lo enfadaba, lo irritaba y lo tenía completamente perplejo con su mera existencia. Encontraba casi hipnótica su mezcla de persona inocente y calculadora. Sonrió al recordar su confusión, sus preciosos ojos azules abiertos de par en par, su agitada respiración cuando se había inclinado hacia ella en la limusina.

Al fijarse en la página de una revista que había bajos sus brazos, se inclinó y tiró de ella para sacarla.

Sintió que la sangre circulaba más despacio por sus venas al captar su aroma. Vainilla. A eso era a lo que olía. Un aroma sencillo pero fascinante. Como ella.

Echó un vistazo al artículo por el que estaba abierta la revista. *Como utilizar el sexo para recuperar a tu hombre.*

De manera que la pequeña pícara quería recuperar al parásito. Nikos experimentó una mezcla de desagrado e intensa curiosidad. ¿Qué clase de mujer se preocupaba por un ex que le había dado la espalda, por una amiga que la manipulaba, y además los disculpaba?

Moviendo la cabeza, Nikos trató de contener la oleada de resentimiento que experimentó. La absurda inocencia de Lexi Nelson empezaba a crisparle los nervios. Cuanto antes saliera aquella mujer de su vida para volver a dejarse manipular por los que la rodeaban, mejor.

Se volvió y estaba a punto de salir de la cabina cuando un adormecido gemido procedente de la cama le hizo girar sobre sí mismo. Aún completamente acurrucada, Lexi se había movido un poco hacia el borde de la cama. Con un rápido movimiento, Nikos la atrapó justo antes de que se cayera al suelo. Acabó de rodillas junto a la cama, con el delicado y liviano cuerpo de Lexi sujeto en los brazos. Cuando esta abrió los ojos, un intenso terror se adueñó de su mirada. Sin apenas dar tiempo a Nikos para parpadear, se retorció entre sus brazos y comenzó a lanzarle puñetazos y patadas. Nikos volvió el rostro justo a tiempo de que uno de sus golpes cayera sobre su mandíbula. Gruñendo de dolor, se irguió y dejó caer a Lexi en la cama sin especial delicadeza.

Lexi se acurrucó contra el otro extremo de la cama, temblorosa y evidentemente conmocionada.

–¿Qué se supone que estás haciendo?

–¿Tú qué crees? –replicó Nikos mientras se pasaba una mano por la barbilla–. Debería haber dejado que te cayeras de la cama. Probablemente eso te habría servido para recuperar un poco de sentido común.

El golpe que había recibido Nikos no había sido precisamente suave. Si no se hubiera vuelto a tiempo, probablemente habría acabado con la nariz desencajada.

–Lo siento –murmuró Lexi–. Ha sido una reacción instintiva.

Nikos se quedó mirándola un momento mientras trataba de refrenar su enfado.

–¿Te importaría darme una explicación?

Moviéndose como a cámara lenta, Lexi se levantó de la cama, la rodeó y permaneció a buena distancia de Nikos. No apartaba la mirada de su mandíbula y los labios habían empezado a temblarle.

–Estoy bien –dijo él, temiendo que fuera a romper a llorar en cualquier instante. Se sentó en la cama y señaló con una mano el sitio que quedaba a su lado–. Siéntate.

Lexi obedeció, aunque dejó entre ellos todo el espacio que pudo.

Finalmente, Nikos interpretó adecuadamente sus reacciones cada vez que se acercaba a ella, la tensión que parecía acumularse de pronto en su cuerpo.

–Me tienes miedo –dijo.

El silencio de Lexi fue totalmente elocuente.

Nikos asintió despacio. Era posible que Lexi Nelson no le gustara, pero el miedo que había percibido en sus ojos había sido muy real.

–Sé que me consideras un miserable sin corazón, y tienes razón, pero jamás se me ocurriría ponerte una mano encima.

Lexi lo miró con cautela.

–Eso ya lo sé. Al menos sé que no me harías daño físicamente, Nikos. No son tus intenciones lo que me asusta, sino... –sus mejillas se cubrieron de rubor– tu... tu...

–¡Por dios santo, Lexi! Dilo de una vez –sentado en los confines de la lujosa cabina, Nikos nunca había experimentado la extraña energía que de pronto pareció crepitar a su alrededor.

Lexi suspiró y tuvo que hacer verdaderos esfuerzos para no tener que salir corriendo. Estar sentada en aquella cama con Nikos resultaba inquietantemente íntimo.

–Es tu... tamaño –dijo finalmente–. Eres un hombre grande.

Nikos no pudo evitar mirarla con expresión divertida.

–Sí, lo soy. Mido un metro ochenta y nueve y lo tengo todo grande. De momento, eres la única mujer que he conocido que no se siente espectacularmente feliz al respecto.

–¿Qué tiene que ver tu tamaño con la felicidad de...? –Lexi volvió a ruborizarse al comprender de pronto el significado de las palabras de Nikos–. ¡Oh!

Cuando él rio no pudo evitar devolverle la sonrisa. Además de guapísimo, cuando reía no parecía precisamente alguien de quien debería tener miedo.

–Disculpa, pero me lo has puesto muy fácil.

Lexi asintió y fue a levantarse, pero Nikos alzó una mano para que se detuviera. Lo hizo despacio, como para no asustarla de nuevo.

–Has vuelto a despertar mi curiosidad una vez más. Y me debes una explicación –dijo mientras volvía a frotarse la mandíbula.

Lexi subió los pies a la cama y se abrazó las rodillas.

–No es algo que te ataña, y no creo que la información te resulte de ninguna utilidad.

Nikos ni siquiera pestañeó.

–Dímelo de todos modos.

–Cuando cumplí los doce años me cambiaron de hogar de acogida –dijo Lexi–. La nueva casa me encantó de inmediato porque en la anterior, a pesar de que siempre me trataron bien, no había más niños.

Pero el nuevo hogar de acogida era perfecto porque había seis niños. Allí fue donde conocí a Tyler. Pero nuestros padres de acogida tenían un hijo. Jason tenía diecisiete años. Era el mayor y era muy grande. Empezó a meterse conmigo desde el primer día, y las cosas no hicieron más que empeorar. A veces me alzaba en brazos y me tiraba al suelo, o me encerraba en el armario. Desarrollé una habilidad especial para evitarlo. Las cosas siguieron así durante dos años, pero aquella seguía siendo la casa en la que más feliz me había sentido hasta entonces. Excepto por aquellos momentos con Jason. Lo peor sucedió cuando...

De pronto, Nikos sorprendió a Lexi tomándola de la mano. Ella respiró profundamente y reprimió el impulso de retirarla. La sensación de su diminuta mano en la de Nikos le produjo un extraño consuelo.

–No tienes por qué seguir contándomelo si no quieres.

Lexi lo miró a los ojos y tragó saliva. Odiaba la sombra de temor que aún la acompañaba después de tantos años.

–No... la verdad es que creía que ya lo había superado, pero tal y como he estado reaccionando cada vez que te has acercado a mí... Y me niego a seguir concediendo a Jason ese poder sobre mí –cerró los ojos un instante y de pronto se encontró de vuelta en su dormitorio, sintiendo el peso de Jason sobre el suyo, el desagradable olor a su sudor–. Una noche, cuando tenía quince años, desperté en medio de la noche al sentir que alguien se había tumbado sobre mí. No tenía ni idea de que Jason ya había vuelto a casa. Un minuto estaba durmiendo plácidamente y al siguiente lo tenía sobre mí. Su enorme cuerpo me impedía moverme y me sujetó los brazos por encima de la cabeza. Aún puedo sentir su aliento en mi rostro. No sé cuánto tiempo duró, pero apenas podía moverme o respirar.

–¿Llegó a...?

La pregunta a medias de Nikos fue formulada con una ferocidad que hizo salir a Lexi de su ensimismamiento.

–No. No sé qué pretendía, y gracias a Tyler no tuve que llegar a averiguarlo.

–Por supuesto –Nikos dijo aquello con una vehemencia que desconcertó a Lexi–. ¿Fue entonces cuando huiste?

–Sí. No podía soportarlo más. Al cabo de una semana nos dimos cuenta de lo difícil que era alimentarnos por nosotros mismos, pero Tyler se negó a dejarme.

–¿Tus padres de acogida no se creyeron lo que les contaste?

–Nunca llegué a contárselo –contestó Lexi en voz apenas audible.

–¿Por qué?

–No quería hacerles daño.

–¿Hacerles daño? –repitió Nikos en voz baja, aunque cargada de furia contenida–. Su hijo trató de violarte cuando estabas bajo su cuidado. Su deber era protegerte.

La emoción que captó tras las palabras de Nikos desconcertó a Lexi.

–Eran buenas personas. Me ofrecieron un hogar durante dos años. Les habría roto el corazón...

–No era responsabilidad tuya preocuparte por sus sentimientos. Ningún niño debería verse obligado a soportar una carga como esa –Nikos se levantó de la cama y miró a Lexi con una expresión de desdén apenas contenido–. Tu inocencia y buena voluntad no tienen cabida en este mundo. Una cosa es tratar de encontrar un lugar en las vidas de otros, y otra muy distinta llegar a esos extremos –su mirada se suavizó cuando añadió–: Y, a pesar de lo que puedas pensar, te aseguro que no tengo nada que ganar con esto. Solo es un consejo desinteresado.

Lexi contempló su espalda mientras salía de la cabina sin mirar atrás. No había tardado ni un instante en volver a transformarse en el arrogante y condescendiente desconocido de su primer encuentro, un desconocido que no le gustaba nada, entre otras cosas por su habilidad para llegar al corazón de algunas incómodas verdades que no le agradaba escuchar y que le hacían cuestionarse sus decisiones, e incluso a sí misma.

Lexi salió de la limusina, fascinada ante la majestuosa decadencia del hotel frente al que se hallaba. Tardó unos segundos en recordar que estaba en París. Nikos se había ido del aeropuerto en otra limusina sin darle ninguna explicación. Le había alegrado tanto librarse un rato de él que apenas se había enterado de dónde habían aterrizado.

Subió las escaleras del glamuroso hotel y, reprimiendo el impulso de quedarse embobada mirando el lujoso vestíbulo, se encaminó directamente a recepción. Pero no pudo evitar ver de reojo las puertas acristaladas de un enorme ascensor que parecía esperarla con las fauces abiertas para devorarla. Odiaba sentirse dominada por aquel miedo irracional, pero no lograba librarse de él. Al parecer iba a tener que volver a subir unas cuantas escaleras.

–El señor Demakis tiene una suite permanente en el piso cuarenta y cinco de nuestro hotel –explicó la recepcionista que, para alivio de Lexi, añadió enseguida–: Pero hoy hemos recibido un correo suyo diciendo que necesita una suite en la primera planta.

Lexi podría haber besado a la mujer. Al parecer no iba a tener que arriesgarse de nuevo a sufrir un ataque al corazón a causa de las escaleras, pensó mientras seguía al botones que la condujo hasta la suite. En cuanto entró, marcó en su móvil el número de Nikos.

–¿Qué sucede? –respondió Nikos en tono irritado desde el otro lado de la línea–. Solo te he dado mi número por si surgía alguna emergencia.

La burbuja de excitación de Lexi se desinfló al instante.

–Estoy en una suite de la primera planta, Nikos. Gracias por recordarlo.

Se produjo un incómodo silencio antes de que Nikos volviera a hablar.

–Ya estás volviendo a hacerlo. Ya estás pensando otra vez que todo el mundo es como tú. Pero eso no es cierto. Te necesito viva y fresca para que cumplas con tu tarea. Después, me da igual que subas andando cincuenta o cien pisos.

–¿Y por qué hemos venido a París si tenías tanta prisa por llevarme a «cumplir con mi tarea»? –preguntó Lexi con aspereza.

–Porque tuve que posponer una reunión que tenía aquí para acudir a buscarte –replicó Nikos, que a continuación colgó.

Lexi se quedó mirando el teléfono, boquiabierta. De pronto se sintió como la mujer más estúpida del mundo por haberlo llamado. Se golpeó la frente con el móvil, furiosa consigo misma. Había sido una estupidez llamar a Nikos para darle las gracias, pero tampoco se había creído sus palabras. No había duda de que era un hombre insoportablemente arrogante, pero, le gustara o no reconocerlo, tenía un corazón.

Decidida a mantener las distancias con él, se encaminó al baño.

Lexi acababa de ponerse el albornoz cuando se llevó uno de los sustos más grandes de su vida al ver entrar de pronto en el baño a una mujer de un metro ochenta totalmente desnuda. Tras experimentar una mezcla de terror, sorpresa y enfado, siguió a la mujer de metro ochenta al salón de la suite.

–¿Dónde está Nikos? –preguntó la desconocida con un delicioso acento francés.

–Esta no es la suite del señor Demakis –logró decir Lexi a pesar de lo conmocionada que estaba.

La otra mujer, que tenía los hombros echados hacia atrás y una mano perfectamente manicurada apoyada en la cadera, no parecía haber perdido ni un ápice de la seguridad con la que había entrado en el baño sin llamar.

Lexi parpadeó mientras contemplaba la perfección del cuerpo que tenía ante sí. Miró rápidamente a su alrededor. Aquella mujer no podía haber llegado desnuda a la suite, aunque, con un cuerpo como el suyo, nadie la habría culpado por hacerlo.

Al ver una toalla sobre el respaldo de una silla, la tomó y la arrojó hacia la desconocida mientras seguía mirando a su alrededor.

Respiró aliviada al ver un vestido rojo hecho un guiñapo sobre el sofá. Acababa de tomarlo cuando la puerta de la suite se abrió para dar paso al hombre al que precisamente deseaba estrangular en aquellos momentos.

–Esto es increíble. ¿Es que todo el mundo tiene derecho a entrar así como así en mi suite?

Nikos deslizó la mirada desde el rostro de Lexi al vestido rojo de seda que sostenía en una mano. Luego miró a la otra mujer... y rompió a reír. El sonido de su risa fue como un puñetazo en el estómago de Lexi.

Furiosa, arrojó el vestido hacia él con toda la fuerza que pudo.

–Esa mujer ha entrado desnuda en el baño mientras yo me duchaba y me ha dado un susto de muerte.

–Tranquilízate, Lexi –dijo Nikos mientras se agachaba a recoger el vestido.

A continuación se acercó a la otra mujer y murmuró algo junto a su oído a la vez que le entregaba el vestido. Ella asintió y se lo puso. Lexi constató que vestida estaba tan deslumbrante como desnuda. Junto a ella, Nikos parecía el no va más de la sofisticación, y Lexi se sintió como si fuera de otro planeta.

–Deduzco que ver a Emmanuelle desnuda te ha conmocionado –Nikos deslizó la mirada desde el pelo mojado de Lexi hasta la fina bata de seda que vestía y a continuación se encaminó con la otra mujer hacia la puerta.

La bella Emmanuelle besó a Nikos en la mejilla, lanzó otro beso al aire en dirección a Lexi y salió de la suite.

A continuación, Nikos se acercó a Lexi y alzó una mano para apartar un mechón de pelo húmedo de su frente. Ella se estremeció mientras detenía involuntariamente la mirada en su barbilla, en la fuerte columna de su cuello, sintiéndose atraída hacia él como si fuera un imán.

–¿Te encuentras bien o necesitas que llame a un médico?

–¿Estoy en algún tipo de *reality show* en el que tú eres el protagonista? –preguntó Lexi en el tono más mordaz que pudo. A continuación, sin poder contenerse, añadió–: ¿La mujer de Nueva York conoce la existencia de esta otra?

–¿Disculpa?

–La morena, tu novia de Nueva York.

Con un suspiro, Nikos se sentó en el sofá y extendió las piernas ante sí.

–Nina no es mi novia. No creo que le gustara el término «novia», y seguro que a Emmanuelle tampoco.

–Pues ha entrado aquí desnuda y se ha ido como un gatito obediente cuando le has dicho que lo hiciera. ¿Qué le has dicho?

–Le he dicho que no quería volver a verla más y se ha ido.

Lexi arrugó tanto el ceño que casi le crujió.

–¿Y ese ha sido el final de vuestra... aventura? ¿Te limitas a decir que todo ha acabado y ella se va así como así? ¿Así es como...?

–¿Así es como llevo mis aventuras sexuales? –concluyó Nikos por ella–. Sí. Y deja de sentir pena por ella. Si Emmanuelle hubiera querido dar por zanjada nuestra relación, yo también me habría ido.

–De manera que, vayas donde vayas, tienes una mujer dispuesta a practicar sexo contigo.

–Así es. Trabajo duro y juego duro.

–¿Y ni tú ni ellas tenéis ninguna expectativa más allá del sexo?

–Esto empieza a parecerse a una entrevista.

Lexi trató de permanecer callada, pero fue incapaz de contener su curiosidad.

–¿Pasáis algo de tiempo juntos, coméis el uno con el otro, salís a pasear? ¿Consideras amigas a alguna de esas mujeres?

–No –Nikos se puso en pie y se acercó a ella–. ¿Estás sintiendo lástima por mí?

Lexi alzó la mirada y vio la aparente indiferencia de su mirada. A pesar de toda su riqueza y su sofisticado estilo de vida, Nikos Demakis y ella tenían algo en común. Él estaba tan solo como ella, aunque, sin duda, había modelado voluntariamente su vida de aquel modo. ¿Pero por qué?

–Es horrible vivir una vida así.

Nikos rio con sarcasmo.

–Yo pienso lo mismo de tu vida. En la mía no hay relaciones duraderas, ni me dedico a hacer favores a amigos que luego se aprovechan de mí. Y en cuanto al sexo, las mujeres con las que me veo me dan exactamente lo que busco. Ni más, ni menos. Lo sabrías si...

–¿Si no fuera una idiota carente de toda sofisticación?

Lexi se sentó en el sofá que Nikos acababa de abandonar. Aquello era lo que siempre le había dicho Tyler. Que necesitaba vivir más, hacer más, ser más, que estaba viviendo la vida de todos los demás, pero no la suya.

–Lo que iba a decir era que lo sabrías si vivieras la vida normal de una chica de veintitrés años en lugar de dedicarte a interpretar el papel de una especie de Madre Teresa junior en tu barrio –Nikos se sentó en el sofá junto a Lexi, que se sintió de inmediato atraída por el calor que emanaba de su cuerpo–. Si es así como te ves a ti misma, cambia.

De cerca, Nikos resultaba aún más atractivo, y su

proximidad afectaba a Lexi de un modo totalmente irracional.

–¿Acaso hay algún mercado en París en el que vendan dosis de sofisticación? –preguntó con frivolidad para contrarrestar sus sensaciones.

–Creo que eso ya lo hemos dejado claro –replicó Nikos–. El dinero puede comprar cualquier cosa, incluida la sofisticación. Sé que pasaste bastante tiempo mirando los escaparates de la Quinta Avenida antes de que nos marcháramos. ¿Por qué no compraste lo que querías?

–¿Cómo sabes eso? –preguntó Lexi, desconcertada.

–Estaba en la limusina, en un atasco, y te vi. Te detuviste bastante rato ante cada escaparate, pero no compraste nada. Al parecer, no eres tan distinta a Venetia como creía.

–Espero que estés tan ocupado cuando lleguemos a Grecia que no tenga que volver a verte –espetó Lexi, irritada.

–¿Para poder pasar todo el tiempo con tu querido Tyler?

–¿No es ese el motivo por el que me estás pagando esa fabulosa cantidad?

–¿Qué has hecho con la primera mitad de ese dinero?

–Eso no es asunto tuyo.

–Si me entero de que se lo has prestado a uno de esos amigos tuyos que «tanto» lo necesitan, estoy dispuesto a tumbarte sobre mis rodillas para darte unos merecidos azotes en el trasero.

Lexi se ruborizó intensamente al imaginar aquella escena.

–Ni se lo he dado a nadie ni lo he gastado.

–¿Debido a tu absurda ética?

–No. Solo quiero... ahorrarlo. Si alguna vez pierdo mi trabajo y me cuesta encontrar otro, y tú ya me has demostrado lo fácil que es hurgar en mi pasado teniendo dinero, no quiero volver a pasar hambre. No quiero volverme a ver reducida a robar o delinquir –al sentir la penetrante mirada de Nikos a su lado, se volvió y rio. La risa sonó tan hueca como patética–. Probablemente pensarás que soy tonta.

El destello de comprensión que captó en la expresión de Nikos dejo paralizada a Lexi.

–Lo pienso, pero no por eso.

Nikos dijo aquello con su habitual e incisivo desprecio, pero Lexi intuyó que sabía muy bien de qué estaba hablando.

–El primer día que hablamos de eso dijiste que lo comprendías. ¿Cómo es posible?

–Yo también he pasado hambre y tuve que responsabilizarme de Venetia.

–Pero tu familia es rica. Y tú eres rico. Nauseabundamente rico.

–Mi padre dio la espalda a toda esa nauseabunda riqueza por mi madre. Murieron con un mes de diferencia cuando yo tenía trece años. Antes de morir, mi padre se había dado a la bebida, y el tratamiento de mi madre era muy caro. Durante casi un año hice todo lo que pude para conseguir dinero. Y cuando digo «todo» me refiero a «todo».

El tono de su voz cuando dijo aquello fue monótono, pero Lexi pudo captar la rabia y la impotencia que emanaban de él. De pronto tomó la mano de Nikos entre las suyas, como él había hecho con ella.

El contacto de la mano de Lexi sacó a Nikos del pozo de recuerdos en que había caído. Aún recordaba con toda claridad su desesperación, su hambre. Pero, a pesar de todo, había salido adelante. Cuando miró a Lexi a los ojos, la compasión que captó en su mirada hizo que se le formara un nudo en la garganta.

–Lo siento, Nikos. No debería haber asumido lo que había asumido.

Nikos asintió y, por una vez, no fue capaz de darle una respuesta cortante. A pesar de que la había manipulado y prácticamente la había forzado a acompañarlo, aún era capaz de sentir lástima por él. ¿Cómo era posible que alguien que había llevado una vida tan dura conservara aún aquella bondad, aquella buena voluntad sin límites? ¿Qué poseía que él no tenía?

No había duda de que Lexi Nelson era una persona con un gran corazón. Sin embargo, el dolor que había experimentado él se había convertido en una parte de sí mismo, una parte dura y fría que había abrazado y lo había llevado a conseguir todo lo que tenía.

–No te preocupes –dijo finalmente–. Sobreviví y logré que Venetia también lo hiciera.

Una evidente curiosidad destelló de nuevo en la mirada de Lexi, pero mantuvo la boca cerrada con evidente esfuerzo. Se levantó del sofá y esperó con los brazos cruzados a que Nikos se moviera para dejarle pasar.

Nikos sonrió, pero no apartó las piernas. Mascullando algo que apenas pudo escuchar, Lexi pasó por encima de estas. El aroma de su piel mezclado con el del jabón llegaron hasta Nikos, que experimentó un inmediato y desconcertante deseo.

¿Por qué había echado a Emmanuelle en lugar de aceptar el sexo sin complicaciones que podía tener con ella? Pero a pesar de sus esfuerzos por evocar el sexy cuerpo de Emmanuelle y el placer que sabía darle, no lograba dejar de recordar los ojos azules de Lexi y su cuerpo sin apenas curvas.

No había duda de que Lexi Nelson era una interesante distracción. Debía concederle eso. Pero nada más. Aquella pequeña incauta, con su inagotable capacidad de afecto y su confiado corazón no tenía lugar en su vida.

Capítulo 5

CONSCIENTE de que ocultarse en su dormitorio era una invitación a Nikos para que siguiera burlándose de ella, Lexi se puso unos vaqueros cortos y una camiseta y volvió al salón.

Al abrir la puerta se quedó momentáneamente paralizada ante el revuelo de actividad con que se topó. En el centro del salón había un colgador de ropa con ruedas del que colgaban varios vestidos que, por su aspecto y la calidad de sus telas, debían de ser de diseño. Una mujer alta e impecablemente vestida se hallaba junto al colgador libreta en mano, mientras otra, probablemente su ayudante, se ocupaba de desenvolver un vestido rojo.

–Prácticamente estás babeando.

Sorprendida, Lexi volvió la mirada hacia Nikos, que estaba sentado en un sillón de cuero con las manos cruzadas tras la cabeza.

–¿Qué es todo esto? –preguntó Lexi a la vez que señalaba la ropa.

–Un pequeño regalo para ti.

–¿Un regalo? –repitió Lexi con cautela–. ¿Un regalo de consuelo para la pobre huerfanita? –añadió con ironía.

–¿Nunca has visto a tus padres? –preguntó Nikos tras contemplarla un momento en silencio.

El amable tono de su voz resultó tan desconcertante que Lexi necesitó unos momentos para responder.

–No.

–¿Y piensas en ellos? ¿Te preguntas...?

–Solía hacerlo constantemente. El primer cómic que esbocé tenía como protagonista a un pequeño huérfano que hace un viaje galáctico y descubre que sus padres son viajeros del cosmos y que están atrapados en el otro lado de la galaxia. Como guion era fantástico, pero, desafortunadamente, la realidad siguió siendo la misma. Y, ahora, ¿te importaría decirme qué está pasando?

–La vida de Venetia es una montaña rusa de fiestas y clubs, y te estoy suministrando una armadura para que no te aplaste. Piensa en mí como en tu hada madrina.

–Más bien como en un pirata del espacio –dijo Lexi, riendo.

–¿Como el del cómic en que estás trabajando? Eso fue lo que me llamaste el primer día, ¿no?

Nikos se levantó y adoptó una pose de perfil como si sostuviera una pistola en la mano. Lexi no pudo evitar pensar que estaba guapísimo.

–Se llamaba Spike, ¿no? ¿Te basaste en mí para crear a tu héroe?

Lexi movió la cabeza lentamente de un lado a otro, incapaz de apartar la mirada de su perfecto perfil.

–Spike es el malo que secuestra a la señorita Havisham. No eres ningún héroe, Nikos.

–Ahh... –Nikos miró a Lexi de arriba abajo antes de añadir–: ¿Y la señorita Havisham es una frágil y pequeña belleza que conquista su corazón y lo enseña a amar?

–Te equivocas de nuevo.

–¿Has acabado ya el libro? ¿Cómo es el proceso?

Lexi experimentó una extraña calidez ante el interés de Nikos.

–Aún estoy haciendo los esbozos preliminares y he escrito el argumento. Cuando termine de desarrollar los personajes y la historia haré las planchas y luego me pondré con la tinta.

–¿Lo haces todo a mano, sin ordenador?

–Sí. Sobre todo dibujo a lápiz. Me gusta trabajar a mano y de momento estoy probando diversas técnicas con la tinta. A veces utilizo el color, a veces... –Lexi se interrumpió con una sonrisa–. Lo siento, pero tiendo a dejarme llevar cuando hablo de esto.

–No hace falta que me des explicaciones. A mí me sucede lo mismo con los coches antiguos –Nikos rio al ver el rubor que cubrió las mejillas de Lexi–. ¿Cuándo puedo ver tus dibujos?

–Tal vez cuando aprendas a pedir las cosas por favor –contestó Lexi. Nikos hizo un ruidito de frustración, pero no protestó.

–Ahora, si no te importa, síguele un poco la corriente a tu jefe y pruébate ese vestido rojo. Sé que estás deseando hacerlo.

Lexi tomó el par de vestidos que le ofreció la mujer alta y volvió a su dormitorio. No pensaba aceptar ninguno de aquellos vestidos, pero no había ningún mal en probárselos.

En lugar del vestido rojo, se probó el otro, de un color azul muy parecido al de sus ojos y sin tirantes. Le quedaba como si se lo hubieran hecho a medida. Tras subirse la cremallera se volvió hacia el espejo de cuerpo entero que había a sus espaldas.

Por un instante se quedó sin aliento. De corte sencillo, el vestido potenciaba al máximo sus frágiles hombros y su pequeña constitución, terminando en un pequeño vuelo acampanado justo por encima de sus rodillas que contrastaba con la sencillez del corte.

No tenía el aspecto sofisticado al que se había referido Nikos, pero, por primera vez desde que había asimilado que nunca iba a tener curvas, parecía una auténtica mujer.

Unos golpecitos en la puerta la obligaron a dejar de admirarse en el espejo. Cuando salió al salón notó que Nikos se quedaba muy quieto mientras la devoraba con su oscura mirada. La evidencia de su aprecio masculino dejó sin aliento a Lexi. Había deseado tantas veces que Tyler la mirara así... Pero nunca había sucedido. Que lo estuviera haciendo Nikos en aquellos momentos resultó tan fuera de lugar como desconcertante.

–Estás deslumbrante, señorita Nelson –Nikos pronunció aquellas palabras con el mismo tono con que solía insultarla. Lexi se preguntó si habría imaginado la mirada que acababa de dirigirle–. Tú ex se quedará anonadado cuando te vea con ese vestido. Si eso no le hace recuperar el sentido...

Lexi no escuchó el resto de la frase mientras algo completamente nauseabundo encajaba de pronto en su sitio.

–¿De qué se trata todo esto realmente, Nikos? ¿Por qué te preocupa tanto cómo me vea Tyler? Dime la verdad o me marcho ahora mismo de aquí.

Nikos despidió a la estilista y a su ayudante con un gesto de su arrogante cabeza. A continuación dedicó a Lexi una mirada gélida.

–No me amenaces, Lexi.

–No me mientas, Nikos –el silencio que siguió a las palabras de Lexi bastó para convencerla de la verdad que había tenido delante todo aquel tiempo–. Pretendes utilizarme para separar a Tyler de Venetia –sintiéndose tan sucia como el día que irrumpió en aquella casa para robar, alzó la mano hacia la cremallera del vestido, pero los dedos le temblaban tanto que no logró asirla.

–Tranquilízate –murmuró Nikos.

–No pienso tranquilizarme. Y haz el favor de bajarme la cremallera.

Nikos hizo lo que le pedía, en silencio, rodeando su cuerpo con las manos pero sin tocarla. Lexi se sintió envuelta por él y los latidos de su corazón arreciaron. Aquello era un error. Toda aquella situación era un error, como todo lo que le hacía sentir aquel hombre.

En cuanto terminó de bajarle la cremallera, corrió a su dormitorio, se quitó el vestido y se puso de nuevo sus pantalones cortos y su camiseta. Cuando volvió al salón arrojó el vestido a Nikos sin miramientos.

–¿Vas a montar un drama, señorita Nelson? –preguntó él con sorna–. Por fin veo algo que tenéis en común Venetia y tú, aparte de a Tyler.

–Si me vuelves a llamar señorita Nelson en ese tono condescendiente, grito. Me has manipulado, me has utilizado y me has tratado como si fuera un saco de patatas. Llámame Lexi y dime por qué estás haciendo esto.

–Tyler es un estúpido manipulador que no merece a Venetia –dijo Nikos sin pestañear–. Quiero que desaparezca de su vida.

–Tyler no es...

–Tu opinión sobre él no significa nada para mí.

–¿Por qué?

–Porque eres ciega en todo lo referente a él.

–Entonces... ¿por qué dejas que se vean? ¿Por qué simulas que apoyas su relación?

–A pesar de todo su dramatismo, Venetia es muy vulnerable e inestable. Nunca llegó a recuperarse de la muerte de nuestros padres. Yo soy la única persona del mundo que no le ha hecho daño hasta ahora, y eso no va a cambiar.

–Así que lo que quieres es que te haga el trabajo sucio, ¿no? ¿Y qué crees que le pasará a tu preciosa hermana si las cosas salen como quieres?

Una momentánea expresión de inquietud dio paso a otra de granítica dureza en el rostro de Nikos.

–Llorará por él. Yo le explicaré que, pase lo que pase, vosotros siempre acabáis volviendo el uno con el otro. Prefiero algunas lágrimas ahora que algo más peligroso después, cuando Venetia se dé cuenta de que Tyler nunca la ha querido de verdad.

La emoción de su tono era inconfundible. Había hecho todo aquello para proteger a Venetia. Y Lexi podía comprenderlo. Incluso habría podido admirarlo por ello, al menos si no hubiera estado tan equivocado en sus métodos.

–No puedes protegerla de todo en el mundo, Nikos.

–Venetia vio cómo se pegaba un tiro mi padre en la cabeza. Hace tiempo que no soy capaz de protegerla de todo.

Lexi se quedó paralizada mientras los pensamientos se amontonaban en su mente. Y ella se había considerado desafortunada...

–¿Tu padre se suicidó?

–Se suicidó porque no soportaba vivir sin mi madre. Venetia tenía diez años. Ni siquiera había entendido la muerte de mi madre. Lo peor es que es igual de emocional que él, igual de inestable y predispuesta a los cambios de humor. Por lo que sé sobre tu amigo, estoy convencido de que un día dejará plantada a mi hermana.

–No puedes organizar su vida de manera que no sufra nunca –replicó Lexi–. Las cosas no funcionan así. No pienso seguir adelante con esto.

–Tú recuperarás a tu querido Tyler. No me digas que no habías pensado en esa posibilidad.

–Sí. Claro que lo he pensado, pero no de ese modo. Lo dejo.

Lexi se volvió para salir, pero Nikos se interpuso en su camino con la velocidad de un rayo. Su tensión era casi palpable, y el rígido rictus de su boca no anunciaba nada bueno.

–Si le sucede algo a mi hermana por culpa de Tyler, te consideraré personalmente responsable de ello. ¿Podrías superar tu sentimiento de culpabilidad sabiendo que podrías haber hecho algo para evitarlo, Lexi?

Lexi se quedó muy quieta al ver que la misma culpabilidad de la que hablaba Nikos ensombrecía su rostro. En realidad no había nada frío en Nikos. Simplemente se le daba increíblemente bien simular lo contrario. Se había ocultado tras un muro invisible de voluntad, donde nada podía tocarlo, y quería tener a su hermana a su lado tras ese muro. Todo lo que quería en el fondo era proteger a su hermana. Pero ¿de qué? De pronto, otra verdad se hizo evidente.

–¿Quieres apartar a Tyler de la vida de Venetia, o lo que pretendes es alejarla del amor?

–No te estoy pagando para que me analices –replicó Nikos en tono cortante, negándose a mostrar las emociones que estaba experimentando–. En una ocasión le fallé a mi hermana y estoy dispuesto a hacer lo que sea para asegurarme de que eso no vuelva a suceder. Puedes considerarme un villano, como tu pirata espacial. Si te ayuda a dormir mejor, puedes decirte a ti misma que te estoy obligando a hacer esto.

–Me horroriza la mera idea de tratar de manipular a Tyler, y además me resultaría imposible hacerlo. Si pudiera comportarme como la clase de *femme fatale* que pretendes, Tyler y yo aún seguiríamos juntos. Pero no soy la clase de mujer por la que los hombres pierden la cabeza. De manera que todos esos vestidos, todas estas maniobras, son una pérdida de tiempo, porque Tyler nunca dejará a Venetia por mí.

–No te subestimes tanto. Sé muy bien hasta qué punto puedes liar la cabeza de un hombre sin ni siquiera intentarlo. Piensa en lo fácil que es el trabajo que tienes por delante. Solo tienes que convencer a Tyler de que es a ti a quien pertenece, como siempre.

El mero hecho de pensar en lo que estaba sugiriendo Nikos, en que le había pagado por ello, hizo que Lexi sintiera náuseas. Pero estaba claro que Nikos no iba a parar hasta que Tyler desapareciera de la vida de Venetia. Y lo haría tratando de causar el menor daño posible a su hermana, de manera que el que sufriría sería Tyler. Y ella no podía dejar a su amigo a merced de Nikos. Tendría que ir con él e interpretar el papel que pretendía. Al menos así podría encontrar un modo de proteger a Tyler.

–De acuerdo. Lo haré –dijo, y apartó la mirada.

–¿En serio? –preguntó Nikos, aparentemente sorprendido.

–No me estás dejando otra opción, así que no te hagas el sorprendido –espetó Lexi–. Te considero un miserable manipulador por hacerles lo que pretendes, pero sí, lo haré. Seré tu socia malvada. Pero no pienso utilizar la ropa sexy.

Nikos se apartó de ella con expresión pensativa.

Lexi se sentó en el sofá, temblando. Mentir nunca había sido su fuerte, pero de momento parecía haberse salido con la suya y había logrado engañar a Nikos. Sabía que estaba jugando a un juego realmente peligroso, pero no veía forma de evitarlo.

Capítulo 6

LEXI despertó con un sobresalto y tardó unos segundos en recordar dónde estaba. La vista de una gran isla desde las ventanas del dormitorio de altos techos que ocupaba le sirvió de recordatorio. Al margen del ruido de las olas de la playa cercana apenas se oía nada.

Estaba en la mansión Demakis, en una de las dos islas que la familia poseía en Las Cícladas. La noche anterior, su corazón recuperó el ritmo normal cuando la doncella le explicó que la familia Demakis y su patriarca, Savas Demakis, vivían en la otra isla.

Volvió a cerrar los ojos, pera sabía que ya había dormido suficiente. Tomó su móvil de la mesilla de noche para mirar la hora y, al ver que ya eran las tres y media, prácticamente saltó de la cama.

Habían llegado al aeropuerto privado de la familia a las cuatro de la mañana. Para cuando la limusina se detuvo ante las puertas de la mansión, ya no le quedaba ni un gramo de energía.

–Tyler podrá sobrevivir unas horas más sin ti –había dicho Nikos en su habitual tono cortante antes de pedir a una de las doncellas que se ocupara de llevarla a su dormitorio.

Cuando entró en el baño que había en la habitación se quedó boquiabierta al ver lo lujoso que era. Mármol, plata, oro... Sin duda, todo lo que había oído sobre la gran fortuna de los Demakis era cierto. Y el padre de Nikos había decidido renunciar a ella.

Lexi estaba tomando un cóctel en la cubierta de un yate de lujo mientras la hermana de Nikos la miraba como si quisiera reducirla a cenizas. Si las miradas hubieran podido matar, Lexi ya habría muerto una hora antes, cuando había subido a cubierta con Nikos. Tyler la había abrazado al verla, mostrándose curiosamente incómodo mientras Venetia permanecía junto a él con expresión huraña. A diferencia de lo que Lexi había esperado, la rica heredera se había mostrado muy contenida, y tan solo la emoción de su mirada traicionaba la furia que estaba sintiendo.

No habían pasado más de quince minutos antes de que Venetia los interrumpiera para llevarse a Tyler. También quedó muy claro que este no tenía intención de herir los sentimientos de Venetia ignorándola, aunque no la recordara.

Por eso había pedido ver a Lexi, porque quería tener a su mejor amiga al lado para que lo ayudara a decidir qué hacer, no a la ex que había dejado por Venetia, como Nikos había asumido. Para cuando Lexi se dio cuenta de ello, Nikos había desaparecido.

Se había mentalizado para ver a Venetia y a Tyler juntos y era consciente de que, cualesquiera que fuesen los problemas que tenían Tyler y ella, habían empezado antes de que este conociera a Venetia. Pero enseguida le quedó claro que la relación de Tyler y Venetia era fuerte y profunda, algo que no le iba a hacer precisamente gracia a Nikos.

Lexi se estremeció a pesar de la cálida brisa que soplaba. Venetia y Tyler se hallaban en el extremo opuesto de la cubierta del barco, rodeados por los amigos de Venetia. Estaba claro que Venetia no tenía intención de permitir que Tyler le dedicara la más mínima atención aquella noche. De no ser porque Nikos estaba allí para persuadirla, probablemente no se lo habría permitido nunca.

Aquel pensamiento la impulsó a buscar a Nikos para cantarle las cuarenta por haberla metido en aquel lío.

Bajó del yate sin mirar atrás y rechazó el vehículo que le ofreció uno de los guardias de seguridad.

La riqueza y sofisticación de la gente que había dejado en la cubierta del yate resultaban abrumadoras. Pero no era aquella la causa del fuerte sentimiento que la embargaba.

No estaba dispuesta a sentir lástima por sí misma. Estaba en Grecia, en una isla maravillosa que probablemente no volvería a ver nunca, y no pensaba permitir que la soledad que sentía le impidiera disfrutar de aquella experiencia.

Nikos marcó el código y empujó con el pie la pesada puerta del garaje, furioso.

Savas había desbaratado una vez más sus planes. A lo largo de los años que llevaba labrando su camino hacia la cima del imperio Demakis a base de trabajo duro y determinación, había atraído a Theo Katrakis, el peor rival de Savas, a la junta directiva de Demakis, demostrando que, a pesar de la firme oposición de Savas a que Katrakis se asociara con ellos, había llegado el momento de aportar más dinero y socios a la empresa.

Y las cosas habían salido bien. Dos años después, la asociación con Theo, un perspicaz empresario con una mente muy práctica, Demakis Imports había aumentado sus ingresos en un cuarenta por ciento. Y Nikos estaba convencido de que su nueva incursión en el terreno inmobiliario también saldría bien.

Pero, contra toda lógica, su éxito solo había servido para que su abuelo lo presionara un poco más. De lo contrario, ¿por qué negaba una y otra vez a Nikos lo que más deseaba? Siempre había una nueva reunión de la junta a la vista, otra negativa a nombrarlo director de la empresa.

Reprimiendo un grito de rabia y frustración, se quitó los pantalones y la camisa y se puso unos viejos vaqueros. A continuación volvió al garaje y levantó el capó del Lamborgini Miura S que estaba reparando. Por ser hijo de quien era, estaba siendo probado, estaba siendo castigado y se le estaba negando el puesto al que tenía derecho.

Porque Savas aún no había perdonado a su hijo, el padre de Nikos. Lo que no entendía Savas era cuánto odiaba Nikos también a su padre. No se parecía nada a él, y nunca llegaría a parecerse.

Nikos solo tenía dos metas en su vida, y se había endurecido contra cualquier otra cosa. Había trabajado hasta la extenuación, había renunciado a cualquier relación personal, a los lazos familiares que lo unían con sus primos para triunfar en aquello en lo que su padre había fracasado: proteger a Venetia y llegar a dirigir el imperio Demakis.

Y estaba dispuesto a lograr ambas cosas al precio que fuera.

Una determinación renovada latió en su sangre.

Encendió su móvil, llamó a su secretaria y le dijo que organizara una reunión con Theo Katrakis.

–Vas a quedarte ciega dibujando en la oscuridad.

Lexi se sobresaltó tanto al escuchar la voz de Nikos que se le cayó el lápiz que sostenía en la mano. Las piernas le dolían de estar sentada sobre el duro suelo del garaje.

Había entrado sigilosamente, intrigada por la construcción y, al ver a Nikos desnudo de cintura para arriba, trabajando con una energía casi furiosa en el motor de un coche, había sentido un impulso casi incontenible de ponerse a dibujarlo. Obviamente, había perdido la noción del paso del tiempo.

–¿Cuánto tiempo llevas aquí? –preguntó Nikos a la vez que le tendía una mano manchada de grasa.

Con un suspiro, Lexi aceptó su mano y dejó que tirara de ella. Al notar que, en un primer instante, sus piernas se negaban a sostenerla, Nikos pasó un brazo por su cintura y la atrajo contra su pecho para que no cayera. Lexi sintió que un calor abrasador recorría sus venas. Nikos olía a sudor y a grasa, una combinación increíblemente extraña que la dejó de nuevo sin aliento.

De aquella guisa, Nikos no se parecía en nada al sofisticado hombre de negocios del día en que lo conoció. Aquel Nikos era mucho más terrenal, más primitivo, pero no por ello menos intenso.

Unos músculos totalmente carentes de grasa bajo una maravillosa piel morena. Unos ceñidos y gastados vaqueros colgando de la parte baja de sus caderas. Un pecho que parecía esculpido en mármol a pesar del vello que lo cubría. Un abdomen plano como una tabla de lavar y aquella maravillosa línea de pelo oscuro que desaparecía en la cintura de sus vaqueros...

La respiración de Lexi se agitó de forma evidente y en la oscura mirada de Nikos se produjo un destello de diversión, y de algo más, algo que despertó pequeños incendios a lo largo de todo el cuerpo de Lexi.

–¿Quieres que me desnude del todo?

«Sí, por favor... solo por mi arte, claro...».

Lexi apartó la mirada, intensamente ruborizada. Se agachó para recoger el papel y el lápiz que habían quedado en el suelo. Una punzada en el hombro derecho le hizo comprender que llevaba dibujando más rato del que creía. Se llevó la mano izquierda al hombro derecho a la vez que se volvía. Nikos apoyó las manos con delicadeza en sus hombros y le hizo volverse. Lexi le dejó hacer sin protestar.

–¿Es aquí? –susurró Nikos junto a su oído a la vez que deslizaba los dedos por el tenso nudo de su hombro derecho.

Lexi asintió mientras sentía cómo se le secaba la boca.

El cálido aliento de Nikos acarició su piel mientras le masajeaba con los dedos el hombro.

–Relájate, *agape mou*. ¿Recuerdas de lo que hablamos?

Lexi asintió, porque, a pesar de lo desconcertante que resultaba que así fuera, no había nada sexual en el modo en que Nikos le estaba masajeando los hombros. Lo había visto actuando con otras mujeres y sabía que llevaba su sexualidad como una segunda piel. Su habilidad para resultar sexy era como la que ella tenía para dibujar.

Se estremeció al comprender cuánto deseaba que aquellos dedos siguieran recorriendo el resto de su cuerpo, cuánto deseaba apoyarse contra él y sentir la presión de sus duros músculos.

Cuando terminó su masaje, Nikos tomó el papel que Lexi sostenía en la mano y lo contempló atentamente. Al cabo de un momento la miró y dio la vuelta al dibujo para que ella también pudiera verlo.

–No hay duda de que tienes un gran talento, pero me has dibujado a mí, no a tu pirata espacial.

Lexi fue incapaz de pronunciar palabra. Miró su dibujo y sintió que el estómago se le encogía. Había pretendido dibujar a Spike... pero lo que había hecho había sido dibujar a Nikos en todo su esplendor. Y en su mirada había un evidente deseo, un anhelo elemental. Lo que había imaginado ver en ella.

–¿Todos tus demás dibujos son tan reveladores como este? –preguntó Nikos en un susurro.

Deseando que la tierra se la tragara, Lexi dio un paso atrás.

–No debería haber entrado aquí... Estaba dando una vuelta y...

Nikos la tomó por la muñeca.

–En ese caso, quédate. No muerdo, Lexi –dijo a la vez que tiraba de ella con suavidad para que lo siguiera–. ¿Has dormido bien esta noche? Avisé al servicio para que no te molestaran.

Lexi asintió con un nudo en la garganta. Quería sentirse enfadada con él por manipularla de aquel modo, por menospreciar los sentimientos de Tyler como lo hacía. Comprendía la necesidad que sentía de proteger a su hermana, pero no le gustaba nada que lo hiciera a costa de la felicidad de Tyler.

Lo siguió hasta el coche en el que estaba trabajando. Cuando Nikos la miró a los ojos supo que esperaba que bajara la mirada y se ruborizara como una virgen.

–Me gusta verte aquí –murmuró, y Nikos alzó una ceja, sorprendido–. Pareces más amable, más tranquilo, menos manipulador.

Nikos siguió observándola un momento mientras una sombra oscurecía su expresión. Luego se volvió para tomar una llave inglesa.

–¿Te ha dicho algo Venetia?

Hipnotizada por el movimiento de los músculos de su espalda desnuda, Lexi fue incapaz de contestar.

Nikos se volvió y dio un paso hacia ella.

–¿Lexi?

–¿Qué? –Lexi se ruborizó de nuevo mientras lo miraba a los ojos–. Venetia... Venetia no me ha dicho nada. Se ha limitado a mirarme como si quisiera reducirme a partículas con su rayo láser.

–¿Eso es lo que hace Spike?

–Noooo... Creo que este es un nuevo personaje: la hermana demonio de Spike.

Nikos echó atrás la cabeza y rio.

–Entonces, ¿no has tenido oportunidad de hablar con Tyler?

–En realidad no. Cuando se han ido de cubierta no sabía qué hacer y he bajado del yate.

–¿No te gustan las fiestas?

–Menos de lo que me gusta estar entre un mar de gente que ni siquiera sabe que existo. Podría caerme al mar y nadie se daría cuenta de que había desaparecido –Lexi se ruborizó de nuevo al ver que Nikos la observaba atentamente–. Venetia no va a permitir que me acerque a Tyler, sobre todo delante de sus amigos. Preferiría no tener que asistir a más fiestas, a menos que estés tú.

Lexi lamentó de inmediato sus palabras. De todas las personas del mundo, ¿cómo se le ocurría elegir precisamente a Nikos para expresarle sus temores? En su forma de ver las cosas no había lugar para las emociones y la inseguridad que estas implicaban.

–Adelante. Llámame tonta –añadió.

–Ven aquí.

Al ver que Lexi no se movía, Nikos la atrajo hacia su costado. Lexi suspiró, incapaz de resistir la tentación de apoyarse contra él. El peso del poderoso brazo de Nikos sobre sus hombros resultó especialmente reconfortante.

–Sé que los miedos no son siempre racionales –murmuró Nikos.

Lexi se apartó de él con suavidad. Nikos no parecía insensible en aquellos momentos. Sus palabras habían sonado como si realmente hubiera conocido el miedo.

–Pensaba que asistirías a la fiesta –dijo, necesitando acallar el repentino silencio que los envolvió.

–A mí tampoco me gustan mucho las fiestas. Cuando era joven no tenía tiempo para ir de fiesta en fiesta, y ahora no me interesan. Las fiestas no suelen ser más que un modo de salir en busca de sexo, algo que no necesito hacer.

Consciente de que aquello era muy cierto, Lexi se sentó en uno de los extremos del viejo sofá que había en un lateral del garaje. Nikos ocupó el otro extremo con movimientos lentos y contenidos, y Lexi supo que lo estaba haciendo por ella. Sintiéndose más tonta que nunca, se retiró un poco del rincón que había ocupado. No pretendía sentarse en el regazo de Nikos, pero tampoco quería insultarlo.

–Empiezas a acostumbrarte a mí –dijo él, sonriente.

La calidez de su mirada, el sencillo placer que reveló su tono, hizo que algo se encendiera en el interior de Lexi.

–¿Por qué no tenías tiempo? –preguntó.

Nikos se encogió de hombros.

–Hasta hace unos años trabajaba continuamente. No tenía ningún título ni experiencia laboral, excepto lo poco que había aprendido en el garaje de mi padre. El único camino que tenía para pasar de simple trabajador de la empresa de mi abuelo a ser miembro de la junta directiva era trabajando muy duro.

–¿No quisiste estudiar?

–No tuve oportunidad de hacerlo. Si quería seguridad para Venetia y para mí, tenía que hacer todo lo que Savas me pidiera que hiciera. Esas eran sus condiciones.

–¿Condiciones? –repitió Lexi, sorprendida.

Nikos se levantó del sofá como si no pudiera permanecer quieto y frotó la superficie del inmaculado capó del coche con un trapo. Lexi comprendió que se trataba de una especie de gesto adquirido para relajarse. Había algo distinto en Nikos aquel día, y se trataba de aquel lugar. Parecía más cómodo allí, casi en paz, un sorprendente contraste con el hombre que tenía mujeres en cada ciudad solo para disfrutar del sexo.

–Cuando Savas nos acogió lo hizo con condiciones muy específicas. Si iba a vivir en su casa, y si quería que Venetia tuviera todo lo que pudiera necesitar, yo tenía que hacer todo lo que me pidiera.

–¿Y qué te pidió que hicieras?

–Me dijo que no esperara conseguir nunca nada que no hubiera ganado por mí mismo. Que fuera su nieto no significaba nada. Me prohibió mencionar a mi padre o a mi madre. Una semana después empecé a trabajar en su fábrica.

–Pero eso fue... innecesariamente cruel por su parte –dijo Lexi a la vez que se levantaba, escandalizada.

–Nos salvó a Venetia y a mí de una vida de hambre y desesperación. Pero se negó a hacerlo gratis. Sus condiciones no me parecieron injustas.

Furiosa por lo que estaba escuchando, Lexi tuvo que hacer verdaderos esfuerzos para sostener la mirada de Nikos.

–Tal vez no lo habrían sido si solo hubiera sido tu jefe. Pero estamos hablando de tu abuelo, de tu familia.

–Savas nunca aceptó que mi padre huyera de la vida como lo hizo. Quería asegurarse de que yo no acabara como él.

Lexi habría querido replicar, pero la determinación del rostro de Nikos le hizo contenerse. Por fin comprendía por qué había parecido tan dispuesto a chantajearla o comprarla. Para él todo era una transacción comercial, todo tenía un precio en su mente. Aquello era lo que había aprendido.

–Tu abuelo te echó a perder –Lexi pronunció aquellas palabras con suavidad, lentamente, cargadas de una profunda tristeza. Su propia infancia había estado vacía y siempre había anhelado sobre todas las cosas tener a alguien que la abrazara, que la besara, que la amara incondicionalmente.

Lo que más había deseado del mundo había sido tener una familia.

Nikos había tenido una familia y, sin embargo, había obtenido aún menos atenciones emocionales que ella.

Nikos rio con ironía, como burlándose de ella por estar sintiendo lástima por él.

–Todo lo que hizo Savas ha supuesto a la larga una ventaja para mí. Mira a dónde he llegado en la vida.

Dentro de unos meses seré el director general de Demakis International y tendré todo lo que mi padre no tuvo nunca. ¿Crees que volveré a pasar hambre alguna vez? Ambos sabemos lo que es la desesperación, *agape mou*. Admítelo. Admite que merece la pena pagar cualquier precio por evitarla.

–Ya he visto cómo vives. Casi me ahogo en esa impresionante bañera. Pero parece que no eres capaz de ver el precio que estás pagando por ello. Incluso el sexo es una transacción para ti.

Nikos se inclinó hacia Lexi con tensa delicadeza.

–Veo que puedes criticar, pero ¿eres capaz de asumir alguna crítica? ¿Quieres escuchar tú también algunas verdades?

Lexi sintió una especie de excitación nerviosa que recorrió su cuerpo como una repentina fiebre. Estando cerca de Nikos, sintiendo todo lo que sentía en su presencia, no podía seguir un momento más engañándose a sí misma.

De pronto supo por qué había fallado su relación con Tyler a tantos niveles. Tyler y ella nunca habrían podido ser algo más que amigos. Nunca. Fue como si acabara de abrirse un portal invisible. Hiciera lo que hiciese, ya nunca podría negar su existencia.

–Tienes razón –dijo, optando por el camino de la cobardía–. No soy capaz de asumir las críticas –quería salir corriendo de allí antes de traicionarse a sí misma, aunque temía que Nikos ya se hubiera dado cuenta–. Sin embargo, sí puedo decirte que lo que hay entre Venetia y Tyler no es tan débil como imaginas. Hay una especie de fuego entre ellos. Yo nunca...

–¿Tú nunca qué? –la repentina curiosidad con que Nikos miró a Lexi hizo que esta experimentara una punzada de alarma–. Con todas tus anticuadas ideas,

¿te negaste a acostarte con Tyler? ¿Fue por eso por lo que te dejó?

Lexi se estremeció ante la perspicacia que denotaban aquellas palabras. Nikos se había acercado mucho a la patética verdad.

–¿Tu investigador privado no fue capaz de averiguar si ya había perdido mi virginidad? –preguntó con toda la ironía que pudo.

Nikos la tomó por la muñeca y la atrajo hacia sí.

–Los artículos en la revista *Cosmo* no son nada comparado con la experiencia real.

–¿Te estás ofreciendo voluntario para ilustrarme? –preguntó Lexi antes de poder contenerse–. ¿Estás dispuesto a ayudarme a practicar para que pueda seducir a Tyler y alejarlo de tu hermana?

Una tensión prácticamente palpable se adueñó del ambiente.

Con la precisión de un cirujano manejando su bisturí, Nikos deslizó su oscura mirada desde el pelo hasta los pies de Lexi. La expresión de intenso hastío de su rostro hizo que se rebelara por dentro. Nikos no tenía el más mínimo interés por ella. Ya sabía cuál era su tipo; como a casi todos los hombres del mundo, lo que le gustaban eran los pechos grandes y las piernas largas. Desafortunadamente, ella no tenía ni lo uno ni lo otro.

–Estoy seguro de que podría dejarme persuadir –contestó finalmente Nikos.

–Me alegra que te guste tanto divertirte a mi costa –replicó ella, furiosa–, pero preferiría que Tyler volviera a dejarme cien veces antes que aceptar tu oferta. Preferiría acostarme con alguno de los tipos que frecuentan el club en que trabajo. Además de ser un arrogante manipulador, eres completamente insensible.

Estás jugando conmigo solo por diversión, y no necesito para nada tu sexo por compasión.

Tras decir aquello, Lexi giró sobre sí misma y salió corriendo del garaje como si la estuviera persiguiendo el diablo. Nikos permaneció paralizado donde estaba, asombrado por cuánto le habían afectado las palabras de Lexi mientras experimentaba en su interior una inexplicable tormenta de emociones.

En ningún momento había pretendido hacer daño a Lexi. Solo la había pinchado un poco, como siempre hacía. Al parecer, la curiosidad que sentía por ella, por su relación con Tyler, no tenía límites y le hacía saltarse las barreras de su habitual reserva.

¿Habría dado en el clavo? ¿Acaso no tenía límites la inocencia de Lexi? ¿Y qué más le daba a él que se hubiera acostado o no con su maldito novio? ¿Cómo había sido capaz de irritarla ofreciéndose voluntario para hacerle perder la inocencia?

La respuesta a aquella pregunta se la había dado su propio cuerpo con su evidente e intensa reacción. Pero no quería solo sexo con Lexi. La quería a ella. Por primera vez en su vida quería algo que ni siquiera comprendía. Entendía la atracción que sentía por ella. De hecho era algo más que atracción; era algo tan único y especial como la propia Lexi.

Sus orígenes, su soledad... era como ver una versión de sí mismo que no sabía que existía, solo que una versión mejor, con más capacidad de compasión, de afecto, de amor.

Comprender que estaba permitiendo que se metiera bajo su piel hizo que se encendieran todas las alarmas en su cabeza.

«Insensible, manipulador y arrogante».

Él era todo eso y más.

Sin embargo, en aquellos momentos, con su cuerpo temblando ante la mera idea de besar aquellos labios, dolido por el hecho de que Lexi Nelson no lo considerara adecuado, no era el hombre que se había obligado a llegar a ser. De pronto se reabrieron viejas y abrumadoras heridas y recuerdos. La punzada de dolor que experimentó, ardiente y horrible, lo obligó a concentrarse intensamente. No pensaba ponerse a examinar los cómos y los porqués. No había nada que Lexi pudiera ofrecerle que no estuviera ya a su disposición sin complicaciones.

No necesitaba su cuerpo, ni su pena, ni su confiado y amoroso corazón.

En el fondo era bueno que la hubiera asustado, que le hubiera hecho daño, porque él tampoco tenía nada que ofrecerle. Como sucedía con las lágrimas de Venetia, el destello de dolor que había visto en la mirada de Lexi era el precio que estaba dispuesto a pagar.

Lexi haría bien manteniéndose alejada de él, dejando de analizarlo y de hacerle ver cosas que ni siquiera era consciente de que faltaban en su vida.

Capítulo 7

LEXI se dio protector solar en las piernas, encantada con lo morena que se había puesto ya. El sol de la temprana mañana caía sobre sus hombros desnudos, mientras el agua del mar le acariciaba los dedos de los pies.

A sus espaldas había una pequeña casa blanca de playa, pequeña si se comparaba con la enorme mansión que la familia Demakis tenía en el interior, a unos dos kilómetros de aquella playa. Por las tardes, tras dejar a Tyler con Venetia, había tomado la costumbre de ir caminando hasta allí.

Ya habían pasado diez días desde que se había dejado arrinconar por Nikos en el garaje, desde que había perdido el control ante él. Pero en lugar de sentirse enfadada por cómo había jugado con ella, lo que le molestaba de verdad era su falta de interés.

Lo que significaba que necesitaba urgentemente que le examinaran la cabeza porque, dadas las circunstancias, la falta de interés de Nikos por ella debería ser lo mejor que podía pasarle. Ya era bastante malo tener que pasar tiempo con él por las mañanas y por las tardes, sentir su mirada en ella, mirada que casi siempre incluía un matiz de curiosidad.

Cada mañana tenía alguna muestra de la cólera de Venetia por el hecho de que estuviera allí y de su frustración por el hecho de que Tyler no pudiera recordar. Nikos no estaba bromeando cuando le había advertido sobre su hermana. Pero incluso con los elaborados planes de Venetia para ayudar a Tyler a recordar, Lexi solo veía su lacerante miedo, el amor que sentía por él. Y también comprendía el temor que causaba a Nikos ver las oscuras emociones que surcaban los ojos de su hermana.

Al escuchar los pasos de Tyler a sus espaldas, se volvió con una sonrisa. Al ver su rostro demacrado, sus ojeras, se irguió de inmediato, tensa.

–¿Has recordado algo?

Tyler negó con la cabeza a la vez que se arrodillaba junto a ella. Su boca se curvó en una amarga sonrisa mientras tomaba el rostro de Lexi entre sus manos.

–¿Cómo puedes soportar mirarme, Lexi?

–¿De qué estás hablando, Ty? –preguntó ella con el ceño fruncido.

–Venetia me ha contado lo que te dije cuando viniste a vernos aquel día.

–¿Por qué?

–Supongo que para recordarme cuánto deseaba que te fueras. Pero las cosas no han salido como ella esperaba –Tyler apretó los puños–. Quiero irme, Lex. Hay tantas cosas por las que quiero disculparme contigo... No quiero seguir aquí un minuto más.

Desasosegada por la amargura de su mirada, Lexi lo tomó de las manos y se obligó a decir la verdad que tantos días llevaba esquivando.

–Es cierto que me hiciste daño, Ty, pero estoy segura de que había algún motivo para ello. Somos tú y yo, Ty. Solemos discutir, gritarnos como locos y luego hacemos las paces. Lo único que pasa es que en esta ocasión las cosas son distintas.

Tyler se pasó una mano por el pelo a la vez que agachaba la cabeza.

–No puedo creer que fuera capaz de decirte esas cosas, Lex, encima de todo lo demás...

–Ya está todo olvidado, Ty. En serio –dijo Lexi a pesar de la opresión que sentía en el pecho.

Tyler la miró con evidente afecto.

–He liado tanto las cosas entre nosotros... Y ahora también tengo que romper el corazón a Venetia. Yo...

Lexi tomó su rostro entre las manos mientras negaba con la cabeza.

–No sé qué fue mal –dijo, y sintió que el aliento le faltaba al hacerse consciente de que las cosas nunca volverían a ser como habían sido. Pero su amor por Tyler nunca amainaría.

A pesar de saber que Nikos la quemaría viva si se enterara, añadió:

–No tienes por qué decidir nada ahora y con prisas sobre Venetia, Tyler. ¿Lo entiendes?

–Ahora mismo soy incapaz de enfrentarme a mí mismo, y mucho menos a Venetia, Lex. Tú eres todo lo que tengo en el mundo, y te he hecho daño.

Lexi cerró los ojos mientras Tyler la atraía hacia sí para besarla en los labios. Pero lo único que sintió fue una sensación de consuelo, una creciente desolación mientras una contundente verdad se abría paso en su corazón. Más que otra cosa era la pérdida de un sueño. ¿Habría sentido Tyler la misma desolación aquel día? ¿Habría comprendido que había algo irrevocablemente equivocado entre ellos y no había sabido cómo decírselo?

Al mirarlo a los ojos comprendió que él estaba pensando lo mismo.

–Vamos a estar bien, Lex –dijo.

Y así era. Lexi se acurrucó junto a él y lo abrazó con fuerza. Siempre había podido contar con Tyler cuando lo había necesitado, siempre le había hecho sentir que al menos le importaba a una persona en el mundo, que no era tan solo una huérfana no deseada. No tenían futuro juntos más que como amigos, pero, en lugar de producirle dolor, comprender aquello sirvió para fortalecerle.

Había recuperado a su mejor amigo en el mundo y no quería nada más.

Al sentir de pronto que se le erizaba el vello de la nuca, supo que alguien los observaba. Al volverse vio a Nikos junto a Venetia en la terraza abierta de la casa. Parecían dos dioses griegos vengadores que hubieran acudido a echarles un maleficio.

Al sentir que Tyler se tensaba a su lado, le estrechó la mano.

–No hagas lo que estás pensando, Ty –susurró junto a su oído, consciente de que, fueran cuales fuesen sus defectos, Venetia lo amaba–. Siempre te querré, pero no hay nada más entre nosotros. No estropees lo que tienes con ella.

Tyler la miró con una triste sonrisa en el rostro.

–Si realmente la amaba tanto como para ser capaz de hacerte daño, ese amor volverá, Lex. Pero no pienso seguir soportando que Venetia se dedique a mirarte como si fueras la responsable de sus problemas y su hermano como si quisiera devorarte.

Lexi alzó la mirada, asombrada al escuchar aquello.

Nikos retenía a su hermana de la mano con expresión calculadoramente neutra, probablemente para evitar que bajara corriendo las escaleras para arrancarle los ojos.

Lexi se apartó de Tyler. Al margen de cualquier otra consideración, lo cierto era que acababa de besar al prometido de Venetia.

Sintiendo que estaba haciendo muy bien el trabajo sucio por el que le estaba pagando Nikos, se levantó y se alejó.

Nikos permaneció en la terraza largo rato después de que Venetia bajara en busca de Tyler con los ojos anegados en llanto. Se sentía impotente por no haber podido evitarle aquel sufrimiento, pero sabía que necesitaba llorar. Más valía que descubriera la verdad antes de que fuera demasiado tarde.

Pero la impotencia que sintió no fue nada comparado con los oscuros sentimientos que se adueñaron de él al ver a Tyler besando a Lexi. Debería haberse sentido encantado, pues precisamente lo que buscaba era apartar a Tyler de su hermana. Sin embargo, lo único que quería en aquellos momentos era borrar de los labios de Lexi aquel beso. Quería que lo mirara como había mirado a Tyler, quería hacerle gemir y llorar de placer, cubrirla de regalos, poseerla, enseñarle a ser egoísta, a disfrutar de todos los placeres que podía ofrecer el mundo.

Quería una parte de ella, aquel elemento intangible que hacía que fuera ella misma.

Necesitó unos minutos para controlarse, para no seguir los pasos de Tyler y darle una paliza, para reprimir el deseo que palpitaba en su sangre.

Los placeres de los que había disfrutado hasta entonces siempre habían sido pasajeros, fugaces, y así era como había querido que fueran. Pero ahora quería a Lexi. Y no solo para una noche. Quería comprender lo que le hacía funcionar, quería estrecharla entre sus brazos mientras le hacía gritar de placer, quería enseñarle el mundo.

Y pensaba hacer lo que quería.

Tras ducharse y vestirse en el silencio que reinaba en la casa de la playa, Lexi trató de ignorar la absurda sensación de vacío que se adueñó de ella. No pensaba llorar por un hombre que lo único que hacía era burlarse de ella. Y aunque la deseara, no tenía intención de tener una aventura de una noche con un hombre como Nikos Demakis.

Miró a su alrededor en busca del interruptor que apagaba las luces que había en torno a la piscina.

–Déjalas encendidas.

Lexi se volvió, sobresaltada.

–Nikos –murmuró, con el corazón en la garganta–. Creía que te habías ido.

–¿Y perderme la oportunidad de hablar contigo?

Aunque no podía ver bien sus rasgos en la penumbra reinante, Lexi sí notó la tensión que emanaba de Nikos.

–No me siento con energía para hablar contigo.

–No te vas a ir a ningún sitio hasta que hayamos mantenido esta conversación.

La sensual boca de Nikos adquirió un rictus de desagrado mientras se apoyaba contra la pared y cruzaba despreocupadamente las piernas por los tobillos. Pero no había nada despreocupado en su forma de mirar a Lexi.

–¿Qué ha pasado con Tyler?

–Venetia le recordó lo que me dijo aquella noche en la fiesta de tu casa. Se siente muy mal por ello. Él...

–Ahh... de manera que todo vuelve a ser perfecto en tu pequeño mundo, ¿no?

–¿Qué quieres decir?

–Supongo que ha vuelto contigo, como predije.

–No entiendes...

–Claro que entiendo –interrumpió Nikos–. Entiendo mejor de lo que crees. Entiendo la soledad paralizante, la necesidad de importarle a alguien, la necesidad de ser amado. Pero tú eres mejor que esto, mejor que él. Dime que no vas a volver con él.

–No creo que eso sea asunto tuyo –replicó Lexi, sintiendo la absurda necesidad de irritarlo–. No eres ni mi chulo ni mi jefe.

Y Nikos picó el anzuelo.

Sin dar tiempo a Lexi ni para parpadear, se situó ante ella y la arrinconó apoyando ambas manos a sus lados contra la pared. Inclinó la parte superior de su cuerpo hacia ella, permitiéndole oler su aroma puramente masculino, permitiéndole ver la incipiente barba de su mandíbula y sentir el calor que emanaba de su cuerpo.

Mantuvo su boca a escasos centímetros de la de Lexi, que experimentó un deseo casi incontenible de besarlo.

–¿Es que tu estupidez no tiene fin?

Lexi se ruborizó intensamente.

–Todo va según lo tenías planeado. ¿Qué más te da lo que haga yo?

–Trato de protegerte de ti misma. ¿Eres tan tonta como para creer que ese es el verdadero Tyler, que no te dejará plantada en cuanto lo recuerde todo? ¿O esta vez planeas acostarte con él para dejar sellado el trato?

–No hay ningún trato que sellar. He amado a Tyler desde que tenía trece años, y sí, me he acostado con él. Pero la primera vez fue espantosa. También lo fue en la siguiente ocasión y, a partir de entonces, no dejé de buscar excusas para no hacerlo. Después tuvimos aquella terrible pelea y me dejó. Se fue. ¿Estás satisfecho? Tyler es todo lo que tengo en el mundo, pero ya no queda nada entre nosotros.

–Vaya, me había tragado el anzuelo –en lugar del enfado que Lexi esperaba, una tensa sonrisa curvó los labios de Nikos–. Entonces, ¿por qué lo has besado?

–Eso tampoco es asunto tuyo.

Nikos atrajo a Lexi hacia sí en un rápido movimiento, con las manos en sus caderas. Dando un gritito ahogado, ella se aferró a su camisa. Al sentir el roce de su palpable erección contra el vientre, dejó escapar un gemido.

–Nikos...

–Sí, Lexi.

Nikos sonrió perversamente. Ella estaba ardiendo y él sonreía.

–Esto, tú y yo... no puedo... esto no... –Lexi apenas pudo reprimir un nuevo gemido de placer mientras él la rodeaba con la mano por la cintura e inclinaba la cabeza para besarla en el cuello. De pronto surgieron a la vida terminaciones nerviosas que Lexi ni siquiera sabía que existían.

Se aferró instintivamente a él rodeándolo con los brazos por el cuello. Nikos alzó las manos para tomarla por el rostro y obligarla a mirarlo. Lexi sintió que se le secaba la boca al ver la evidencia del hambriento deseo reflejado en los fascinantes rasgos de su rostro. El oscuro fuego que brillada en su mirada era todo para ella...

–El efecto que me produces no es precisamente divertido.

El abierto deseo del tono de Nikos despertó un ardiente latido entre los muslos de Lexi, que cerró los ojos mientras trataba de respirar.

Nikos Demakis, el hombre más atractivo que había conocido en su vida, la deseaba. Era como si todas sus decadentes fantasías se hubieran hecho de pronto realidad a pesar de seguir siendo la poco agraciada Lexi Nelson de siempre.

¿Cómo iba a decirle que no?

Demasiado tensa, se frotó contra él. Los gemidos de ambos hendieron el aire antes de que un estremecimiento recorriera el poderoso cuerpo de Nikos, que masculló a continuación una ristra de maldiciones en griego.

Cuando Lexi volvió a frotar la parte baja de su cuerpo contra él, Nikos la empujó contra la pared sin soltarla de la cintura.

–No hagas eso a menos que quieras que te tome aquí mismo, contra la pared. Pero, si eso es lo que quieres, estaré encantado de hacerlo.

–Espera –un intenso pánico se adueñó repentinamente de Lexi. Tenía que detener aquello antes de que le resultara imposible hacerlo–. Suéltame, Nikos, por favor.

Nikos la soltó al instante, aunque sin dejar de devorarla con la mirada.

–Lo siento –continuó Lexi–. No pretendía alentarte... El hecho de que me desees se me ha subido a la cabeza... –respiró profundamente. Aquello no era justo, ni para él ni para ella–. No creo que haya una mujer viva capaz de decirte que no... Pero yo...

–Cada vez que me miras con esos ojos azules te preguntas qué sentirías al besarme. Lo sepas o no, quieras aceptarlo o no, estás deseando que acaricie tu cuerpo.

Lexi se rodeó instintivamente con los brazos.

–Así es, pero yo tengo el control sobre mi cuerpo. No pienso mantener relaciones con alguien si mi corazón no está implicado en ello.

La boca de Nikos se curvó en un gesto despectivo.

–No, solo eres capaz de tener relaciones sexuales con un amigo para el que tan solo eres una muleta emocional, para evitar que se vaya, ¿no? Estás dispuesta a hacer lo que sea para conservarlo en tu vida. ¿Quién es el que realmente está utilizando el sexo?

Cada una de aquellas palabras era cierta, pero, hasta aquel instante, Lexi no había llegado a comprenderlo. Aquello convertía la única relación importante que había tenido en su vida en algo realmente doloroso y complejo.

¿A aquello se reducía lo que había entre Tyler y ella? ¿Se había aferrado a él todos aquellos años sabiendo que no era lo correcto? Apenas pudo soportar aquel desolador pensamiento.

–No sabes de qué estás hablando. No entiendes por qué Venetia y yo estamos dispuestas a hacer lo que sea por Tyler, porque eres incapaz de entender, de sentir nada, y eso empieza a molestarte mucho más de lo que estás dispuesto a reconocer.

El rostro de Nikos adquirió la expresión de una máscara de acero, aunque sus ojos no lograron ocultar las emociones que estaba experimentando.

–Pequeña hipócrita –masculló–. Te he visto cuando besabas a Tyler. Estabas deseando apartarte y sin embargo te aferrabas a él. ¿Quieres experimentar lo que se siente cuando estás en el lado opuesto, cuando no puedes esperar a arrancarle la ropa a alguien?

Sin dar tiempo a reaccionar a Lexi, Nikos introdujo un muslo entre sus piernas y reclamó su boca en un ardiente beso. No la besó con suavidad, como había hecho Tyler. Fue como si hubiera estallado una tormenta, como si llevara toda la vida esperando para hacer aquello, como si su próximo aliento dependiera de aquel beso. Fue un beso puramente erótico, un beso para apoderarse de los sentidos de Lexi, para dejar claro que tenía razón.

Pero no sabía que no necesitaba hacerlo, que Lexi ya era una esclava de los deseos de su cuerpo cuando estaba cerca de él.

Un ronco gemido surgió de su garganta cuando Nikos le mordió el labio inferior. Sentir cómo se humedecía su sexo supuso una conmoción y un nuevo motivo de excitación. Las rodillas le temblaron mientras frotaba el húmedo centro de su deseo contra el poderoso muslo de Nikos, que volvió a murmurar algo en griego antes de apoderarse de nuevo de su boca. En aquella ocasión el beso fue más delicado, lo que hizo que se rompiera el embrujo para Lexi.

Con un gruñido, apoyó ambas manos contra el pecho de Nikos y lo apartó de su lado.

–No –susurró, jadeante–. No, Nikos.

La oscura intensidad de la mirada de Nikos la asustó tanto como su propia incapacidad para resistirse a aquel fuego. Si volvía a besarla, si volvía a tocarla, no le diría que no. No podría decirle que no.

Nikos era el primer hombre que despertaba aquel increíble deseo en ella. ¿Por qué tenía que estar tan lejos de su alcance, por qué tenía que ser tan diferente a ella?

–No te quiero. Yo...

–¿Aún no has aprendido la lección? –la interrumpió Nikos con gesto incrédulo–. Tu amor por Tyler te ha cegado a todo lo demás, te ha impedido vivir tu vida. ¿Aún quieres ese amor?

–No sé de qué estás hablando.

–Tyler tuvo una aventura con Faith a tus espaldas. Te engañó con tu amiga.

Lexi no ocultó su conmoción.

–Eso te lo estás inventando... Eres...

Sin molestarse en ocultar su furia, Nikos la tomó por los brazos y la apartó para poder mirarla al rostro.

–Es cierto que soy un miserable sin sentimientos. No me engaño respecto a qué o quién soy. Pero no por ello permito que la gente me trate como basura.

Lexi se llevó una mano a la boca y sintió que las piernas le flaqueaban.

–No tenía idea de lo de Faith y Tyler. Ni siquiera sabía que se gustaban...

Allí estaba la pequeña verdad que se le había pasado por alto durante tantos meses, el último fragmento del rompecabezas. Ahora comprendía por qué Tyler se consideraba un egoísta. Se había sentido atado a ella por la culpabilidad, porque, aun habiendo pruebas evidentes de que no podían ser más que amigos, Lexi no había querido dejarlo ir. Tyler seguía sintiéndose culpable porque fue ella la que acabó en el correccional a pesar de que ambos fueron responsables del robo que cometieron.

Y todo porque a ella le había asustado vivir su propia vida.

Tyler le había sugerido en muchas ocasiones que fuera a la universidad, que cambiara de trabajo, siempre la había animado a mejorar, a arriesgarse... pero a ella le había asustado la idea de no tenerlo a su lado, de lanzarse a vivir una vida desconocida entre gente desconocida, de no tener a nadie que la quisiera, de no importarle a nadie.

De manera que había seguido aferrado a Tyler, a

Faith, estropeando sus vidas en el proceso. Se había convencido a sí misma de que amaba a Tyler de un modo en que en realidad no lo amaba. Se había forzado a sí misma y lo había culpabilizado a él.

Y Tyler seguía actuando en función de aquella culpabilidad. Iba a dejar a Venetia y a romper su corazón porque se sentía culpable de cómo la había tratado a ella. Pero ella no podía seguir permitiendo aquello. No podía seguir comportándose como una cobarde.

Irguió los hombros y miró a Nikos. Por primera vez en su vida quería algo con total claridad. Quería estar con Nikos, quería disfrutar con el deseo que sentía por él.

Y tenía que hacerlo ya, antes de perder el valor, antes de volver a olvidar cuántas vidas había estropeado a causa de su miedo, antes de volver a esconderse en el algún sitio seguro desde el que ver pasar la vida a su lado.

Tenía que liberar a Tyler, tenía que liberarse a sí misma. Si caía, sabía que Tyler estaría a su lado de todos modos para sostenerla. Siempre sería así.

–¿Me deseas, Nikos? Me tienes –dijo, consciente de que ya no había marcha atrás.

Los ojos de Nikos parecieron iluminarse con una llamarada de fuego a la vez que daba un paso hacia ella. Instintivamente, Lexi dio otro paso hacia atrás, pero su espalda chocó con la pared. Su respiración se agitó audiblemente cuando Nikos apoyó una mano en su vientre, justo debajo de sus pechos. Cerró los ojos al sentir que introducía la mano bajo su camiseta y se arqueó hacia él cuando comenzó a acariciarle los pechos.

–Mírame, Lexi. No tienes por qué esconderte de esto.

Cuando ella obedeció, Nikos la besó.

–No pienso esconderme más, Nikos –murmuró contra sus labios–. Quiero todo lo que puedas ofrecerme.

Sin dejar de besarla, Nikos siguió acariciándole los pechos, las caderas, el trasero. Al llegar a este, apoyó ambas manos y la atrajo hacia sí para hacerle sentir la poderosa evidencia de su excitación.

Lexi sintió que su cuerpo se fundía como lava, dispuesto a ser totalmente modelado por aquellas manos. Cuando aferró a Nikos por la nuca y lo rodeó con las piernas por las caderas sintió que su aliento la envolvía, invadiendo con su cálida sensualidad cada una de las células de su cuerpo.

Cuando, de pronto, Nikos dejó de besarla, fue incapaz de contener un sensual gimoteo. Pero al mirar por encima de su hombro comprendió por qué se había detenido.

El jefe de seguridad de Nikos se hallaba en el otro extremo de la piscina. Tras soltarla, Nikos le acarició la mejilla y sonrió con una mezcla de pesar e impaciencia.

–Aún no hemos acabado.

Lexi asintió y, con la respiración aún agitada, tuvo que permanecer apoyada contra la pared para no caerse mientras Nikos acudía a hablar con el jefe de seguridad. Unos instantes después oyó que soltaba una maldición en griego. Mientras el jefe de seguridad se alejaba, se acercó a Nikos y lo tomó por el brazo.

–¿Qué sucede, Nikos? –preguntó con cautela.

–Venetia y Tyler llevan fuera toda la tarde –Nikos sacó su móvil, pulsó un botón y esperó–. Y Venetia no responde a las llamadas.

–No entiendo. ¿Qué quieres decir con que llevan fuera toda la...?

–Una de las criadas ha visto a Venetia con una bolsa de viaje. Tampoco está en su armario la ropa de Tyler. Al parecer, uno de los amigos de Venetia ha acudido a recogerlos en un barco. Se han ido.

Tras mascullar otra sonora maldición, Nikos giró sobre sus talones y se fue.

Capítulo 8

QUÉ pasó después de que Lexi Nelson, ilusa y cobarde sin igual, decidiera finalmente vivir su vida y arrojarse en brazos de todo un monumento griego de un metro noventa que tenía una mujer en cada ciudad y cada puerto?

Al parecer, el mencionado semental griego había perdido todo su interés en el sexo porque su hermana había huido con su amante.

De manera que, en lugar de vivir su vida, Lexi estaba echando un vistazo obligado a la vida nocturna de Atenas con Nikos maldiciendo a su lado y lanzándole de vez en cuando miradas asesinas.

Dadas las circunstancias, Lexi estaba realmente irritada con la heredera griega. Sabía que le gustaba Tyler de verdad, pero no esperaba que desapareciera con él delante de las narices de su hermano. Y todo porque Tyler la había besado.

Si Venetia supiera la verdad...

En el fondo, Lexi se alegraba de que Venetia se hubiera negado a permitir que Tyler se fuera de su vida sin más ni más, pero no le gustaba ver la culpabilidad y la preocupación que estaban devorando a Nikos.

Cada una de aquellas últimas cuatro noches Nikos se había empeñado en buscar e interrogar a todos los posibles conocidos de Venetia y para ello la había arrastrado por todos los clubs nocturnos de la ciudad.

Para la cuarta noche ya se había cansado de todo aquello. Hacía cuarenta y cinco minutos que Nikos la había dejado en una de las salas privadas del último club nocturno al que habían acudido con un seco «espérame aquí». Discretamente situada sobre la planta principal, la sala ofrecía unas vistas perfectas del club. Sentada en el borde del provocativo sofá cama que ocupaba gran parte del espacio, Lexi localizó rápidamente a Nikos.

Estaba charlando con una rubia alta y curvilínea que se hallaba inclinada hacia él en un gesto de inconfundible invitación. Saber que Nikos podía tentar a cualquier mujer de la Tierra no bastó para anular por completo la oscura envidia que experimentó.

Estaba a punto de salir de la sala cuando llegó un camarero con las bebidas que había encargado Nikos. Fue especialmente amable y simpático con ella y, cuando se fue, Lexi tomó un sorbo del cóctel que le había servido y empezó a moverse al ritmo de la sensual música que llegaba desde la pista de baile. No estaba dispuesta a permitir que la indiferencia que estaba mostrando Nikos hacia ella le arruinara una noche más.

Tras rechazar la descarada invitación de la amiga de Venetia, que no había despertado en él el más mínimo interés, Nikos bordeó la pista de baile con el ceño fruncido.

Estaba claro que había subestimado la determinación de Venetia, su envidia por Lexi. Aunque Lexi no fuera deslumbrante, ni sofisticada, ni rica, había algo en ella que resultaba realmente atractivo tras un primer vistazo. Nikos entendía perfectamente lo que debía de haber sentido su hermana.

Su equipo de seguridad, y él mismo, llevaban cuatro días siguiendo diversas pistas, pero no habían obtenido ninguna información sobre el paradero de Venetia y Tyler. Empezaba a creer que su hermana solo volvería cuando quisiera, y si quería hacerlo.

Entretanto, Savas le estaba apretando las tuercas, Theo Katrakis estaba listo para iniciar las conversaciones sobre la junta, y además estaba Lexi, quien, con su mera existencia, estaba descentrando por completo su vida.

«¿Me deseas, Nikos? Me tienes».

Jamás le habían afectado tanto las palabras de una mujer aceptando tener sexo con él.

Subió los escalones que llevaban a la sala privada, se detuvo un momento en el umbral y empujó la puerta.

Lexi bailaba girando lentamente al son de la música mientras su corta falda dejaba perfectamente expuestas sus tonificadas piernas. Las luces de la discoteca iluminaban intermitentemente su sonriente boca y sus cálidos ojos. La ceñida camiseta sin mangas negra que vestía marcaba el contorno de sus pequeños pechos. Con las manos arriba, tras la cabeza, la sensualidad que emanaba de ella despertó de inmediato el deseo de Nikos. Cada vez que giraba, la camiseta subía un poco, dejando expuesta una parte de su cintura. Estaba totalmente perdida en aquel momento, en la música y en sus movimientos, con una sensual sonrisa en los labios.

Nikos cerró la puerta a sus espaldas y Lexi giró lentamente. Cuando sus miradas se encontraron, Nikos esperó a que ella la apartara con su habitual timidez, pero Lexi se la sostuvo a pesar de que un ligero rubor tiñó sus mejillas.

–¿Sabía algo esa chica sobre dónde ha podido llevar Venetia a Tyler? –preguntó a la vez que señalaba con un gesto de la barbilla la pista de baile.

–Aún no sabemos quién se ha llevado a quién.

–Tyler no está bien, no tiene dinero ni contactos y, la última vez que lo vi, estaba decidido a no hacer daño a Venetia. ¿Quién es el que tiene amnesia, tú o él?

Cuando Lexi pasó junto a Nikos, su aroma hizo que este experimentara una nueva explosión de deseo. Estaba totalmente sensibilizado a su presencia, tenso de anticipación. Sin embargo, se había contenido.

Había contado a Lexi la indiscreción de Tyler con Faith en un perverso momento de egoísmo, actuando directamente contra su propósito de mantener allí a Lexi. Actuar de aquella forma había sido algo completamente impulsivo, casi infantil e inesperado por su parte.

De pronto, el control que pudiera tener sobre lo que había entre ellos, sobre su creciente deseo, sobre el torbellino de emociones que Lexi había desatado en él, fue más importante que cualquier otra cosa. Porque ni siquiera la preocupación por su hermana había hecho perder fuerza a lo que Lexi despertaba en él.

–No, no lo he olvidado.

–Esa mujer –continuó Lexi sin dejar de mirarlo– te deseaba. Vayas donde vayas, siempre hay una mujer que te desea.

Su afirmación era en realidad una pregunta. Durante los pasados cuatro días, Nikos solo había pensado en sí mismo. La intensidad del deseo que despertaba Lexi en él lo tenía desconcertado.

–No la quiero a ella ni a ninguna de las otras –Nikos sabía lo que Lexi quería escuchar, pero él quería que fuera ella quien se lo preguntara, quien volviera a admitir su deseo.

Lexi se mordió el labio inferior e irguió los hombros.

–¿Sigues interesado en mí?

Nikos se acercó a ella, apoyó una mano horizontalmente en su tórax y sintió los poderosos latidos de su corazón.

–¿Tú qué crees?

Lexi lo miró con expresión retadora.

–¿Y a qué estás esperando?

–Haces esto porque estás dolida con Tyler por lo que te hizo.

–No estoy dolida por lo que me hizo. Si no tuviera que preocuparme por ti, incluso podría animarme a disfrutar del vistazo que me estás permitiendo echar a tu asquerosamente rica forma de vida.

Nikos experimentó una mezcla de furia y sorpresa.

–¿Estás preocupada por mí? –preguntó antes de poder contenerse.

–Por supuesto que lo estoy. Cualquiera con ojos podría ver cuánto quieres a Venetia y lo preocupado que estás por ella. La noche que se fue no pegaste ojo buscándola. Y yo... –Lexi suspiró antes de continuar–. No quiero que nadie sufra cuando termine todo esto. Ni Tyler, ni Venetia, ni tú. Y no sé cómo decirte que no te preocupes tanto, cómo hacerte ver que Venetia es bastante más fuerte de lo que crees. Me vio besar a Tyler y no se desmoronó.

–¿Y crees que solo eso habría sido indicio de su debilidad? Venetia vio suicidarse a mi padre, y eso la marcó psicológicamente de un modo que ni siquiera puedo imaginar.

Lexi tomó la mano de Nikos en las suyas para que la mirara.

–Tyler no le dejará hacer nada malo, Nikos. Nunca haría nada que pudiera perjudicar a Venetia.

–Estaba dispuesto a dejarla, y eso es lo que dije que haría.

–Sí, pero estaba dispuesto a dejarla solo por hacer lo correcto. ¿No te parece que eso resulta revelador? ¿O eres demasiado testarudo como para reconocerlo? Lo más probable es que Venetia se lo esté pasando en grande y aquí estoy yo, teniendo que aguantarte. Me consideras responsable de todo lo que está pasando...

–No te considero responsable de nada de esto. Simplemente no confío en que vayas a avisarme si Tyler se pone en contacto contigo.

Lexi no se molestó en negar aquello. Nikos ya la conocía demasiado bien.

–No tengo teléfono, y creo que ni siquiera podría estornudar en tu isla sin que te enteraras, de manera que creo que podrías dejar de arrastrarme por ahí como si fuera una bolsa de basura que no sabes dónde tirar.

–¿Una bolsa de basura, *thee mou*?

–A veces me miras como si quisieras abrir un portal en el espacio y lanzarme por él. ¿No comprendes cuánto me costó decirte lo que te dije la pasada semana?

Cuando Nikos se arrimó a ella, Lexi cerró los ojos y se obligó a respirar. Sentía que la piel le ardía y que sus extremidades estaban a punto de derretirse.

–Desde que me he dado cuenta de lo patéticamente idiota que he sido todos estos años, también he comprendido que no carezco por completo de atractivo –Nikos sonrió mientras Lexi seguía hablando–. Puede que no sea nada espectacular en el departamento de piernas y pechos, y que tenga muy poco atractivo para un hombre de gustos tan refinados como los tuyos, pero hay otros peces en el mar. Peces como Piers, por ejemplo, que me encuentra atractiva...

Nikos situó un muslo entre las piernas de Lexi, que fue incapaz de contener un tembloroso suspiro.

–¿Quién diablos es Piers?

–El camarero que ha subido a servir las bebidas.

–¿Y le gustas?

–Sí.

Nikos apretó los dientes y asintió secamente. Lexi tuvo la impresión de que no le había gustado nada lo que había dicho.

–Ayúdame a entender, *thee mou*. ¿Te serviría cualquier hombre para la nueva vida de riesgo que quieres llevar?

Lexi empujó juguetonamente a Nikos, decidida a no echarse atrás.

–Creo que tu forma de expresarlo resulta un tanto burda.

–¿Todo lo que quieres de mí es sexo?

–Yo... Sí, por supuesto –Lexi no tuvo dificultades para contestar porque no sabía qué más quería de Nikos. Y tampoco quería saberlo.

–Tú mismo lo dijiste. El sexo no tiene por qué traer complicaciones.

Nikos deslizó un pulgar por el labio inferior de Lexi sin dejar de mirarla. Luego se apartó y se quitó la cazadora.

–Tiene que haber un cartel en algún sitio –dijo mientras se encaminaba hacia la puerta–. Búscalo –añadió antes de salir de la sala.

Lexi lo siguió con la mirada. Cuando la puerta se cerró vio que el cartel estaba en el suelo.

No molestar.

Sintió que el corazón se le subía a la garganta. Acababa de recogerlo cuando Nikos volvió a entrar. Al ver que sostenía el cartel en la mano sonrió.

–Cuélgalo por fuera y cierra.

Lexi sintió que todo su cuerpo se acaloraba al comprender sus intenciones. Las rodillas le temblaron de anticipación. Miró a su alrededor, indecisa.

–¿Aquí? ¿Ahora? –susurró.

–Sí. Aquí y ahora. ¿Hay algún problema?

De pronto, Lexi se sintió intensamente consciente de todo lo que la rodeaba, de los latidos de su corazón, de su agitada respiración, del murmullo que llegaba desde abajo, de Nikos, tan alto, tan tentador, tan cercano...

Nikos se situó tras ella y apoyó las manos en su cintura.

–Nosotros podemos ver a través de los cristales de la sala, pero nadie puede ver el interior desde fuera –susurró junto a su oído–. Esto es lo que quiero. ¿Estás lista para ello? –añadió antes de deslizar la lengua por la curva externa de su oreja.

Lexi experimentó un delicioso estremecimiento. Se volvió entre los brazos de Nikos y lo miró. Todo lo que necesitó ver fue el intenso brillo de deseo que había en sus ojos. Se deslizó entre sus brazos para ir a colgar el cartel. Dado el tembloroso estado de sus piernas no supo cómo lo logró, pero lo colgó por fuera y cerró la puerta.

Capítulo 9

MIENTRAS Lexi cerraba la puerta, Nikos trató de contener el deseo que lo estaba poseyendo y fracasó estrepitosamente. Se sentía como si fuera él el que estaba corriendo un riesgo, el que apenas sabía nada del sexo.

Se sentó en el lujoso sofá cama con la espalda contra la pared. Lexi se volvió tras cerrar la puerta y permaneció apoyada contra esta con las mejillas ligeramente sonrosadas.

–Ven aquí, *agape mou* –murmuró Nikos con voz ronca.

Al ver que Lexi tensaba los hombros, temió que fuera a darse la vuelta para salir corriendo. En lugar de ello, avanzó hacia él sin apartar la mirada de sus ojos.

Nikos sintió que su mente se llenada de dudas y preguntas con cada paso que daba Lexi. Eran dudas y preguntas tan desconocidas para él como la intensidad del deseo que estaba experimentando.

No había timidez en la mirada de Lexi, pero tampoco había audacia ni descaro. Contara las mentiras que contase, estaba claro que aquello era importante para ella. Comprender aquello templó el deseo de Nikos. Lexi no sabía cómo jugar según sus reglas.

Luchó contra el impulso protector que surgió de inmediato en su interior y lo apartó con la implacable dureza que lo había ayudado a sobrevivir, y a ganar contra todo pronóstico.

Debía dejar de convertir aquel momento en algo más de lo que era. Lexi lo deseaba. Él la deseaba. No pensaba empezar a preguntarse por sus sentimientos solo porque fuera diferente. Aquello era lo que le estaba causando problemas de conciencia. Lexi era diferente a las mujeres con las que solía acostarse. Ninguna de ellas había hecho nunca un esfuerzo por conocer lo que había bajo su empuje y ambición. O tal vez antes tampoco había nada que mereciera la pena conocer. Lexi era la primera persona que había mirado más allá, la primera que se había dado cuenta de que había un hombre con sus temores y sus deseos bajo la superficie. Incluso después de cómo la había manipulado, aún se preocupaba por él y le deseaba bien.

La tomó de la mano y tiró de ella hacia el sofá, hasta hacerle sentarse entre sus piernas. Luego la rodeó con las manos por la cintura y se inclinó para besarla en el cuello. Sabía a jabón de limón y a vainilla. Cerró los ojos, esforzándose por mantener el control. A pesar de la anticipación, del deseo que ardía en sus venas, tuvo que admitir algo para sí: no quería hacer daño a Lexi.

Y aquel sentimiento era tan intenso como extraño y poco habitual para él.

La sensación de la lengua de Nikos en su cuello dejó a Lexi sin aliento. Era como tener detrás una tensa fortaleza de necesidad. Sin embargo, la estaba tratando como si fuera a romperse en cualquier momento.

Cada caricia de sus dedos alimentaba su propio deseo. Enlazó sus dedos con los de Nikos y echó la cabeza atrás para ofrecerle mejor acceso a su cuello.

–Bésame...

Con la agilidad de un felino, Nikos le hizo volverse hasta dejarla sentada a horcajadas sobre él. Cuando Lexi se movió para no perder el equilibrio, su ya húmedo sexo rozó contra la dura y prominente erección de Nikos.

El sonido de sus mutuos gemidos de deseo y necesidad, de lujuria e intenso anhelo, resonó en la habitación en torno a ellos.

La boca de Nikos encontró la de Lexi casi con furia mientras la sujetaba con las manos por los muslos. Ella empezó a frotarse contra él.

–No, *thee mou* –dijo Nikos antes de volver a capturar su boca.

En aquella ocasión no la besó como la había besado en la piscina. La besó despacio, como si tuviera todo el tiempo del mundo, como si su deseo no estuviera cargado de intensidad.

Deslizó la lengua por su labio inferior y luego presionó ligeramente para que le permitiera entrar. Lexi hundió las manos en su pelo y entreabrió los labios. El placer que experimentó fue distinto a cualquier cosa que hubiera experimentado hasta entonces. La sensación floreció en la boca de su estómago y a continuación se extendió por todo su cuerpo.

Necesitando más de lo que le estaba dando, tomó a Nikos por la barbilla y lo obligó a mirarla.

–Más, Nikos –murmuró.

En respuesta, Nikos absorbió el labio inferior de Lexi y lo introdujo en su boca con increíble delicadeza. Lexi deslizó las manos bajo su camisa. En cuanto rozó los pezones de Nikos, este se echó atrás y le retiró las manos.

Cada vez que Lexi se acercaba a él, la apartaba.

Lexi le dio un beso desesperado en la boca y se apartó de su regazo. Al ponerse en pie necesitó unos momentos para recuperar el equilibrio mientras su cuerpo palpitaba de deseo no satisfecho. Cuando se volvió a mirar a Nikos, vio que su rostro estaba tenso a causa del deseo, pero también captó algo más: control.

Sintió que algo se quebraba en su interior. Había querido empezar a vivir su propia vida; había querido correr un riesgo. Y acostarse con Nikos Demakis era un riesgo en todos los sentidos. Él había tenido cientos de amantes y ella solo había tenido uno. Pero Nikos era un riesgo sobre todo porque se negaba a permitirle esconderse, a permitirle huir de la verdad. No se dedicaba precisamente a seguirle la corriente y mimarla.

Y no quería que aquello cambiara.

–Esto no es lo que quiero –se obligó a decir.

Nikos se levantó del sofá al instante. Lexi no apartó la mirada de él, asombrada por lo controlado que parecía.

–Nos vamos de inmediato.

–No quiero irme –dijo Lexi.

Nikos se acercó a ella, la tomó por los hombros y sonrió.

–No pasa nada. No debería haber iniciado esto aquí. Sé que para ti todo esto es nuevo... –se inclinó y le dio un beso casi furioso, apasionado, hasta que casi la dejó sin aliento. Aquello era lo que quería Lexi, su pasión–. Pero este tampoco es el fin –dijo a la vez que se apartaba de ella, ya no tan controlado.

–Deja de tratar de protegerme, Nikos. Te estás comportando justo como Tyler.

–No sé de qué estás hablando –replicó Nikos con un evidente destello de enfado en la mirada–. Pero deberías saber que ningún hombre quiere escuchar el nombre de un ex, y menos aún así.

–En ese caso, deja de actuar como él. Te estás comportando según lo que «crees» que quiero. No estás siendo tú mismo.

–Eso es lo más ridículo que he escuchado en mucho tiempo.

–No voy a romperme, Nikos. Quiero que haya sinceridad entre nosotros, bien sea cuando me hagas el amor o cuando llegue el momento en que tengas que decirme que hemos acabado. Estás controlándote, preguntándote si voy a romperme, si me vas a hacer daño.

Nikos se echó el pelo atrás con una mano y Lexi notó que no estaba tan controlado como parecía. Aquel no era el Nikos que la había obligado a admitir cuánto lo deseaba. Algo había cambiado en él; algo había cambiado entre ellos, y no sabía de qué se trataba.

–No seré responsable de hacerte daño. A pesar de todo lo que te he propuesto y hecho, nunca tuve intención de hacerte daño.

–En ese caso, enséñame lo que te gusta. Haz el amor conmigo como lo harías con Nina, o con Emmanuelle.

–No te compares con ellas –dijo Nikos con evidente desagrado–. No puedo olvidar así como así todo lo que sé sobre ti y lo que eres.

Lexi experimentó una calidez que no tenía nada que ver con el deseo que aún recorría sus venas. Nikos estaba haciendo concesiones por ella. No quería que lo hiciera, pero tampoco podía dejar de sentirse afectada por ello.

–Me harás más daño si no eres tú mismo. Creo que Tyler solo se acostó conmigo porque pensaba que me haría feliz. No podría soportar la idea de que tú estuvieras haciendo lo mismo...

–¡Cielo santo! Te deseo tanto que ni siquiera puedo pensar con claridad. Nunca había pasado tanto tiempo pensando en ello en lugar de hacerlo.

Lexi recorrió la distancia que los separaba y se puso de puntillas para besarlo.

Nikos la tomó por la cintura, prácticamente alzándola del suelo. Introdujo la lengua en su boca con delicadeza, buscando, explorando, mientras apoyaba ambas manos en su trasero y la atraía hacia sí para hacerle sentir la evidencia de su excitación. A continuación le hizo alzar ambos brazos mientras la empujaba hacia la pared. Una lenta sonrisa curvó sus labios.

–¿Quieres saber lo que me gusta?

–Sí.

–Me gustaría que me dijeras lo que quieres que te haga. Tienes que pedírmelo, *thee mou*.

Lexi supo que, por algún motivo, Nikos la estaba presionando con la esperanza de que se echara atrás. No sabía por qué, pero no pensaba permitirle ganar.

–De acuerdo –contestó a la vez que se quitaba la camiseta. El sujetador de encaje que cubría sus pequeños pechos quedó expuesto a la abrasadora mirada de Nikos. Los sentía pesados, y sus erectos pezones presionaban contra la delicada tela.

–Estoy deseando tocar tus pechos –murmuró él con la respiración agitada–. Me he estado volviendo loco pensando en ellos –añadió a la vez que deslizaba un nudillo por un tirante con mirada hambrienta.

Sin tocarla, se inclinó y deslizó la lengua por la

curva superior de uno de sus pechos. Lexi se arqueó inmediatamente hacia él.

–Lo siento, *thee mou*. Estaba olvidando mis propias reglas. Si quieres que haga algo...

La necesidad que estaba experimentando Lexi triunfó sobre su timidez. Se llevó una mano de Nikos a la boca y lo besó en la palma.

–Quiero.... quiero que me acaricies los pechos.

Nikos volvió a inclinar la cabeza y tiró hacia abajo del sujetador. Cuando los pezones de Lexi quedaron expuestos comenzó a acariciárselos con torturante delicadeza. El gutural sonido que escapó de la garganta de Lexi colmó sus oídos.

Tomó su boca en un intenso beso.

–¿Y ahora? –murmuró contra sus labios.

–Chúpamelos... –Lexi se puso toda húmeda solo de pensarlo. Si Nikos planeaba volverla loca de deseo, lo estaba logrando–. Succiona mis pezones con tu boca.

En respuesta, Nikos la alzó hasta dejarla medio sentada a horcajadas sobre su rodilla y a continuación tomó uno de sus pezones con sus labios. Lexi gimió y se movió contra su rodilla. Tras acariciarle el pezón con la lengua, Nikos se lo introdujo en la boca y lo succionó. Lexi volvió a gemir, cada vez más excitada.

–¿Qué quieres que haga ahora?

Lexi abrió los ojos y lo miró. Sus pómulos estaban enrojecidos y sus ojos destellaban de lujuria y deseo. Era obvio que estaba tan perdido en sus sensaciones como ella. Si podía reducir a aquel hombre a aquel estado, no había nada a lo que no se atreviera a enfrentarse. En aquellos momentos se sintió absoluta y poderosamente femenina. Separó un poco las piernas y se subió la falda.

–Acaríciame entre las piernas, Nikos –murmuró.

–¿No vas a pedírmelo por favor?

Lexi negó con la cabeza.

–Nada de por favor. Tú deseas tanto hacerlo como yo que lo hagas.

Una sonrisa encantadoramente pecaminosa curvó los labios de Nikos.

–Quítate las braguitas.

Lexi introdujo las manos bajo su falda y tiró de las braguitas hacia abajo. Nikos las tomó de sus temblorosas manos y las arrojó a un lado. Ver sus diminutas braguitas blancas en las poderosas y morenas manos de Nikos resultó intensamente erótico. No estaba desnuda, pero, bajo la intensa mirada de Nikos se sentía ardiente y totalmente expuesta.

–No bajes la mirada –susurró Nikos contra la curva de sus pechos.

Lexi mantuvo la mirada en él, en la lánguida curva de su boca, en la tensión de sus rasgos... Habría podido pasarse así toda la noche.

Mientras seguía besándole los pechos, Nikos deslizó una mano por el interior de su muslo hasta encontrar con los dedos los delicados pliegues de su sexo. Lexi tuvo que aferrarse a sus hombros mientras la acariciaba con enloquecedora precisión.

–¿Qué quieres que haga ahora, *yineka mou*? –preguntó él con voz ronca, hambrienta.

–Sigue moviendo los dedos –murmuró ella.

Cuando Nikos introdujo lentamente un dedo en su sexo, echó la cabeza atrás. Fue una sensación intrusiva, intensamente erótica, algo que Lexi nunca había experimentado hasta entonces.

–¿Y ahora qué quieres que te haga?

–Más... rápido, Nikos.

Él rio y la complació.

Lexi sintió cómo revivían algunas partes de su cuerpo que ni siquiera sabía que existían. Nikos incrementó el ritmo de sus movimientos, penetrándola cada vez más profundamente con sus expertos dedos a la vez que seguía succionándole los pezones. Una incontenible marejada de deliciosas sensaciones recorrió violentamente el cuerpo de Lexi cuando alcanzó el orgasmo. Se estremeció contra él, jadeante.

Cuando abrió los ojos y miró a Nikos, cuyo rostro estaba transfigurado a causa del deseo, este se llevó el dedo con el que la había acariciado a la boca y lo lamió. El gesto fue tan erótico que Lexi experimentó una nueva oleada de deliciosas sensaciones en su sexo.

–¿Qué quieres tú que te haga, Nikos? –preguntó con voz ronca.

Sin contestar, Nikos la alzó del suelo por las caderas. Instintivamente, Lexi lo rodeó por las suyas con las piernas.

A continuación escuchó el sonido de la cremallera de los pantalones de Nikos al bajarse, seguida del envoltorio de un preservativo al ser desgarrado. Un instante después Nikos la penetraba con un gutural gemido que pareció directamente arrancado de su garganta. Lexi lo aferró por los hombros mientras las paredes de su húmedo sexo lo aprisionaban.

–¿Quieres más, *agape mou*? –murmuró él junto a su oído.

–Sí, sí... –replicó Lexi, anhelante.

Nikos la penetró un poco más, ensanchándola. Él era muy grande, y ella muy pequeña, y la constatación de ello despertó el placer más decadente en el sexo de Lexi. Nikos hizo algo con sus caderas que incrementó la sensación y, un instante después, la penetró profundamente. Fue una experiencia dolorosamente placentera e intensamente erótica.

Lexi abrió los ojos y vio que Nikos estaba a punto de ceder al intenso deseo que reflejaba su expresión. Fue la visión más magnífica que había tenido en su vida.

De pronto frunció el ceño, desconcertándola.

–Estás tan cerrada que me da miedo moverme –dijo con voz ronca.

–No podría soportar que dejaras de moverte, Nikos –Lexi balanceó sinuosamente las caderas y dejó escapar un gritito al sentir lo profundamente hundido que estaba Nikos en ella.

Aferrándolo por los hombros, se inclinó para besarlo en el cuello. Sabía a sudor y a almizcle, un sabor increíblemente erótico. Lo mordió y succionó con fuerza. Nikos empezó a mover las caderas al instante y Lexi sintió que su sexo se convertía en una llamarada de fuego.

La maldición que masculló Nikos fue el sonido más dulce para sus oídos. Sus jadeos, los ásperos sonidos que surgían de su boca la envolvieron, hasta que, inesperadamente, se retiró de ella. Cuando Lexi dejó escapar un gemido casi agónico de protesta, él volvió a penetrarla y empezó a moverse dentro de ella, cada vez más profundamente.

Repitió aquella operación una y otra vez, hasta que Lexi gritó su nombre y sintió que se disolvía en miles de fragmentos de intensa luz antes de alcanzar una cima de placer totalmente desconocido para ella. Tener a Nikos dentro de ella, tener a aquel hombre temblando entre sus brazos, fue la sensación más poderosa y liberadora que había experimentado nunca.

Finalmente, a la vez que un profundo y ronco gemido escapaba de su garganta, Nikos se quedó muy quieto mientras todo su cuerpo temblaba intensamente. Lexi apartó un mechón de pelo de su frente y lo besó en los labios. Ya había supuesto que el sexo con Nikos sería fantástico, increíble. Pero la ternura que vio en sus ojos, el delicado beso que le devolvió, como si ella acabara de ofrecerle el mejor regalo que le habían hecho en su vida, la conmovieron profundamente.

No tenía defensa contra aquello, excepto decirse que estaba imaginando cosas, que estaba sobredimensionando lo ocurrido. Había sido una experiencia sexual increíble y no estaba dispuesta a estropearla con sus inseguridades.

Podía hacer aquello. De hecho, no solo iba a hacerlo, sino que pensaba pasárselo en grande haciéndolo. Miedos y dudas, arrepentimiento y lágrimas... tendría el resto de su vida para dejarse abrumar por ellos cuando regresara a Nueva York.

Capítulo 10

AL DÍA siguiente, por la tarde, Lexi acababa de volver de la playa cuando Nikos regresó a la mansión de donde fuera que hubiese estado. Al verla en el vestíbulo, se detuvo y la contempló un momento sin decir nada, con el rostro velado por la penumbra reinante. A pesar de ello, Lexi sintió su escrutinio como si la estuviera tocando con sus grandes y fuertes manos.

–Voy al otro lado de la isla, donde están a punto de acabar de construir el nuevo hotel. Si quieres acompañarme, reúnete conmigo aquí dentro de quince minutos. Dile a Maria que te prepare una bolsa de viaje para hacer noche.

–Puedo hacerlo yo misma, pero... ¿por qué?

–Puede que me quede a pasar la noche. Si prefieres quedarte aquí sola, no hay problema.

–No. Prefiero ir. Estaré lista en quince minutos.

Lexi volvió a su dormitorio más confusa que nunca. La tensión sexual no la había abandonado desde la noche anterior. Apenas recordaba cómo habían regresado, y había despertado aquella mañana en la gran cama de la mansión Demakis sintiendo una especie de extraño letargo en la sangre.

Quince minutos después estaba sentada en el helicóptero, demasiado absorta en sus propios pensamientos como para quejarse del silencio de Nikos. Los vaqueros que vestía moldeaban la dura longitud de sus muslos, los mismos que, como una sólida roca, la habían sostenido la tórrida noche anterior.

Apretó los puños con una punzada de remordimiento. Se había sentido tan perdida en las increíbles sensaciones que había despertado en ella tener dentro a Nikos que no había sido más que una participante pasiva.

El vuelo no les llevó más de diez minutos. Tras bajar del helicóptero, y mientras Nikos hablaba con el piloto, Lexi miró a su alrededor con creciente sorpresa. El nuevo hotel no se parecía en absoluto a lo que había imaginado. Por un lado, era unas diez veces más pequeño que la mansión Demakis. De diseño sencillo, sus prístinas paredes blancas habían sido diseñadas como reflejo de la arquitectura griega.

–No es lo que esperaba –dijo con una sonrisa cuando Nikos se reunió con ella.

–¿Te gusta?

–Mucho. Esperaba algo mucho más ruidoso y turístico.

–Es un concepto nuevo de hotel. Se trata más de ofrecer una auténtica experiencia que un mero alojamiento. En las habitaciones no hay televisión y a los huéspedes se les garantiza la máxima intimidad. Todos los materiales...

Nikos se interrumpió para atender a una llamada y a continuación hizo un gesto a Lexi para que siguiera deambulando por su cuenta. Tras recorrer el pequeño y encantador hotel, Lexi salió a un amplio porche trasero en el que había una hamaca y que daba a la zona de la piscina. Estaba contemplando las impresionantes vistas del Mediterráneo que ofrecía el lugar cuando

Nikos regresó. Se detuvo a su lado junto a la barandilla y permaneció en completo silencio, mirándola.

–No sé cuál es el procedimiento habitual para la mañana después –dijo finalmente Lexi, incapaz de soportar por más tiempo su silencio–. ¿Nos estrechamos las manos y nos palmeamos la espalda por un trabajo bien realizado? ¿O es grosero el mero hecho de mencionarlo? ¿Rompí la etiqueta quedándome dormida en tu coche? Te juro que no me lo esperaba, pero lo que hicimos fue tan... fantástico, que mi cuerpo dejó de obedecerme... –se interrumpió e hizo una mueca de desagrado al pensar en lo tonto que debía de estar sonando todo aquello.

Nikos la tomó por la barbilla con delicadeza y la miró un momento a los ojos antes de hablar.

–Todo esto es tan nuevo para mí como lo es para ti –murmuró.

–En ese caso, más vale que vayas pensando en algunas respuestas. ¿Has terminado conmigo? ¿Quieres que vaya a alojarme a otro sitio? ¿Ha sido una aventura de una sola vez? Porque, si lo era, me habría gustado haberlo sabido con tiempo, ya que quería hacer un montón de cosas, pero estaba tan abrumada que no hice ninguna.

–¿Abrumada? ¿Te hice daño?

–Por supuesto que no –Lexi no pudo evitar ruborizarse–. Disfruté de cada minuto, pero lo que me gustaría saber es si tú también lo pasaste bien.

–¿No lo notaste?

–Lo cierto es que lo único que recuerdo es que pensé que ya podía morir feliz. Y hoy estoy sacando conclusiones del hecho de que has estado fuera toda la mañana y me has estado mirando como si quisieras que fuera invisible. Seguro que con tu dinero podrías lograrlo. Hace unos días vi anunciada en eBay una capa de invisibilidad y...

–Estás diciendo tonterías.

–Creo que ayer se retorció algo en mi mente. Lo único que logro pensar ahora en tu presencia es en sexo. Trato de disimularlo con...

–Con tonterías –murmuró Nikos a la vez que la empujaba contra la pared–. Ayer disfruté del orgasmo más intenso que he tenido en mi vida. Necesité hacer acopio de toda mi fuerza de voluntad para no despertarte una y otra vez para volver a tomarte. Saber que no llevabas braguitas debajo de la falda... Aún no entiendo cómo logré resistirme. Cada vez que he cerrado los ojos esta mañana he vuelto a escuchar los deliciosos gemidos que dejas escapar justo antes de llegar, a recordar tu sabor en mis dedos... ¿Te ha quedado claro? –añadió antes de deslizar la lengua por el lóbulo de la oreja de Lexi.

Lexi se habría caído al suelo si él no hubiera estado allí para sujetarla. Lo único que había hecho Nikos había sido hablar y, sin embargo, ya estaba totalmente húmeda.

–Si anoche hubieras parecido un hombre que quería disfrutar de un buen polvo, no habría....

–Fue sexo maravilloso, *ágape mou* –Nikos soltó a Lexi y sus labios se estrecharon de pronto en una fina línea de desagrado–. Pero, dado que mi hermana sigue desaparecida y mi abuelo está utilizando eso como excusa para negarme lo que quiero, ahora no estoy precisamente en mi mejor momento.

Lexi se enfrió de inmediato al escuchar aquello y dio un tambaleante paso atrás. Venetia, por supuesto. Sintió que el estómago se le encogía.

Lo siento, Lex. Dame unos días y llevaré de vuelta a Venetia.

La nota que había encontrado en su mesilla de noche el día que desaparecieron Venetia y Tyler apareció de pronto en su mente. Le había conmocionado ver la letra casi ilegible de Tyler en ella. Tras leerla casi cincuenta veces en dos minutos la había roto en mil trozos. Era obvio que Venetia no quería volver y que Tyler no quería hacerle daño.

Apartó un mechón de pelo de su frente y reprimió un suspiro. Tan solo quedaba esperar.

–¿Qué es lo que te está negando tu abuelo? –preguntó.

–Sus colegas y él se niegan a nombrarme director de Demakis International. Savas está utilizando al máximo el hecho de que no fuera capaz de proteger a Venetia.

–No entiendo. Venetia y la empresa son dos cosas totalmente distintas. Si no es encerrándola, ¿cómo pretende tu abuelo que impidas que Venetia viva su propia vida? Ya tiene veinticuatro años. Seguro que sabe que lo último que querrías sería hacer daño a tu hermana.

–Lo que sabe con certeza es cuánto deseo dirigir la empresa.

–No lo entiendo –dijo Lexi, desconcertada a la vez que se apartaba de la pared y rodeaba la piscina–. Eres rico. Tienes un yate, un avión, estás a punto de cerrar un importante trato con Nathan Ramírez... ¿Por qué es tan importante para ti convertirte en director de Demakis International? ¿Por qué permites que tu abuelo te presione?

–Tomé este camino en la vida con una meta muy clara. En cuanto crucé esas puertas electrónicas con mi hermana juré que acabaría siendo dueño de todo. ¿Te das cuenta de las escasísimas probabilidades que tenía de lograrlo? Empecé con nada, Lexi. No me conformaré con todo lo que mi padre dejó de lado hasta que no logre convertirme en todo lo que él no llegó a ser.

–¿Todo lo que tu padre no llegó a ser? –repitió Lexi con el corazón encogido ante la amargura del tono de Nikos–. Lo que hizo tu padre fue terrible, pero debes perdonarlo. Puede que él empezara todo esto, pero es tu abuelo el que te ha llevado hasta este punto. Después de lo que me has contado sobre tu abuelo, ¿nunca te has preguntado por qué decidió tu padre darle la espalda a todo esto?

–Me da igual por qué lo hiciera. Nunca tuvimos nada, ni siquiera antes de su muerte. Apenas logró mantenernos y fue un completo inútil mientras la salud de mi madre se deterioraba hasta llevarla a su muerte. Lo único que habría tenido que hacer habría sido pedir ayuda a Savas.

–¿Crees que Savas lo habría ayudado? ¿Sin condiciones? ¿Habría recibido a tu padre con los brazos abiertos sin hacerle pagar un precio?

–Cualquier precio habría merecido la pena. Era su deber cuidar de Venetia. Pero, además de no ser capaz de hacerlo, se suicidó, destrozándola para siempre.

–Y a ti.

–Me enseñó una lección muy valiosa –Nikos no ocultó su desdén ante la expresión compasiva de Lexi–. El amor es un lujo que solo se pueden permitir los tontos. Mi padre fue un hombre débil toda su vida. No podía vivir sin mi madre. Ni siquiera fue capaz de mantenerse vivo por su hija y por mí. Me niego a ser como él. Convertirme en director de Demakis International es el último escalón del viaje, y Savas no podrá detenerme. Encontraré el camino para llegar a ese sillón.

Lexi no pudo responder porque el sonido de un helicóptero acercándose se lo impidió. Sujetándose el pelo con las manos, esperó mientras un hombre de unos setenta años salía del helicóptero seguido de una atractiva joven morena.

Nikos estrechó la mano del hombre y dedicó una educada sonrisa a la mujer.

Lexi se volvió y se encaminó hacia el hotel. Dados los repentinos celos que acababa de experimentar, más valía que se alejara de allí.

Ya había oscurecido cuando Nikos se despidió de Theo Katrakis. Por fin estaban encajando las cosas en su sitio, pensó, eufórico. Sin embargo, el anciano lo había sorprendido acudiendo a la reunión con su hija. Lexi se había puesto pálida en cuanto había visto a Eleni Katrakis. ¿De verdad creía que podría interesarse por Eleni después de lo que habían compartido la noche anterior?

Encontró a Lexi tumbada en la hamaca de una de las terrazas de la planta alta, dibujando sin apenas luz. Moviendo la cabeza, le quitó la hoja y volvió al interior para poder ver bien el dibujo. Lexi hizo un sonido de protesta antes de bajar de la hamaca para seguirlo.

Nikos extendió un brazo para mantenerla apartada mientras contemplaba el dibujo. Sorprendido por lo que vio, dejó escapar una risa a la vez que experimentaba una ligereza interior y un asombro desconocidos hasta entonces para él.

El boceto era increíblemente detallado para haber sido hecho con un simple lápiz. Casi palpitaba de vida, con la esencia única de la mujer que lo había dibujado.

El dibujo representaba a una mujer, casi una amazona de grandes pechos y diminuta cintura, con largas y musculosas piernas, con una larga melena morena flotando en torno a su rostro. Vestía un ceñido traje de cuero y una pistola pendía de su cintura. Se trataba del mismo boceto que había visto en la camiseta de Lexi el día que se conocieron, un contraste directo con la bella y delicada, aunque igualmente peligrosa mujer que lo había pintado. Había llegado a creer que entendía perfectamente cómo funcionaba Lexi Nelson, pero lo cierto era que no habría podido llegar a conocerla del todo ni aunque hubiera pasado diez vidas con ella.

–Eso ha sido muy insultante, Nikos.

Nikos se volvió hacia Lexi y se apoyó de costado contra la gran cama que dominaba la habitación.

–Este es el dibujo más brillante que he visto en mi vida –dijo, optando por la sinceridad.

–Entonces, ¿de qué te reías?

Nikos señaló el dibujo.

–Es la señorita Havisham, ¿no? Tu heroína, la que secuestró el pirata del espacio.

Lexi asintió con la mirada brillante.

–Cuando la secuestra es muy poquita cosa en apariencia, pero esa es su verdadera forma, aunque solo la adopta cuando ella misma o alguien a quien quiere se ve amenazado.

–Y el pirata del espacio no tiene ni idea de lo que tiene entre manos.

–Sí.

Asintiendo, Nikos tomó a Lexi de la mano y la llevó hasta un sillón que ocupó para sentarla en su regazo.

–Cuéntame. ¿Por qué la secuestra?

Lexi lo rodeó por el cuello con los brazos y sonrió.

Una vez más, además de deseo, Nikos experimentó una sensación totalmente desconocida. Probablemente se debía a la intimidad de su posición. Lo normal era que nunca pasara más de unos minutos lejos de la cama con una mujer, a no ser que fuera en la oficina.

–El pirata descubre que ella tiene la llave del portal del tiempo, y él la necesita. Pero la señorita Havisham no es exactamente lo que había imaginado. Y la llave tampoco es tan sencilla.

Nikos miró un momento el dibujo al captar un matiz de tristeza en el tono de Lexi.

–Ella es la llave, ¿no?

–¿Cómo lo has adivinado? –preguntó Lexi, sorprendida–. Ella es la llave. Sacrificándola, el pirata podrá viajar a tres momentos del tiempo distintos a la vez. De momento acaba de averiguar la verdad, y se debate sobre lo que debe hacer, porque...

–Porque empieza a gustarle la señorita Havisham –concluyó Nikos por ella–. Pero eso no bastará para detenerlo. Tratará de matarla.

–A menos que ella lo mate primero –dijo Lexi, riendo. Pero dejó de reír ante la incrédula mirada de Nikos–. Puede que entiendas a Spike, pero la señorita Havisham no es como yo, Nikos. No es débil y solitaria, y no necesita siempre a alguien a su lado haciéndole sentir que importa. Es una mujer fuerte, independiente. No tiene dudas sobre su sexualidad o el lugar que ocupa en el mundo.

Nikos dejó el dibujo en la mesilla de noche e hizo girar a Lexi hasta dejarla a horcajadas sobre su regazo. Tenerla tan cerca era una auténtica tortura.

–No creo que sea tan distinta a ti.

–Me aferré a Tyler todos esos años, dejé que Faith me engañara... ¿Y todo para qué? ¿Por unas migajas de afecto? ¿Para creerme que alguien me quiere? La señorita Havisham es...

–Puede que tenga unos buenos pechos y unas buenas piernas, y puede que sea un as con la pistola, pero tú eres tan fuerte como ella, o más. Nadie más que tú podría haber vivido la vida que has vivido sin perder la bondad y la calidez que posees como persona. No tienes por qué reescribir tu historia, *yineka mou*. Ya es una historia extraordinaria en sí.

Lexi tuvo que tragar saliva ante la sinceridad de las palabras de Nikos, ante la ternura de su mirada. Era él quien había cambiado el curso de su historia, de su vida. ¿Cómo iba a recordar que aquello era mero sexo si anhelaba más, si Nikos la miraba como si fuera la mujer más maravillosa del mundo?

¿Cómo se suponía que iba a irse cuando llegara el momento de hacerlo?

Rodeó a Nikos por el cuello con los brazos y le besó la mejilla mientras se esforzaba por contener las lágrimas. Le dio las gracias susurrando contra su piel, asustada por las intensas emociones que estaba experimentando.

–Lo siento –dijo, tratando de transmitir una ligereza que estaba lejos de sentir–. Hablar sobre mis dibujos y mis historias siempre hace que me ponga emocional –mintió, y a continuación besó a Nikos sin esperar a comprobar si la había creído.

Con un ronco gemido, Nikos la situó sobre su regazo de manera que sus sexos entraran en contacto. Lexi separó las piernas automáticamente y se frotó contra la dura protuberancia que evidenciaba el deseo de Nikos. Sabía que el tiempo que iba a poder pasar con él tenía un límite, y eso la desesperaba.

Se quitó la camiseta con dedos temblorosos. La abrasadora mirada que le dedicó Nikos a la vez que deslizaba un dedo por el borde de su sujetador rosa le produjo un delicioso cosquilleo por todo el cuerpo.

Sin darle tiempo a reaccionar, Nikos se puso en pie con ella en brazos y la llevó a la cama. Luego, mientras se desabrochaba la camisa, fue hasta el otro extremo de la habitación y tomó la botella de champán que había en un cubo con hielo.

Lexi se arrodilló en la cama.

–Te advierto que no soy demasiado aficionada al champán –murmuró.

Nikos terminó de quitarse la camisa y tomó directamente un trago de champán de la botella.

–¿Quién ha dicho que vayas a beberlo? –dijo, y dejó la botella en la mesilla para poder ocupar sus manos en retirar lentamente los pantalones y las braguitas de las piernas de Lexi.

A continuación la rodeó con una mano por la cintura y, sujetándola por las nalgas, la atrajo hacia sí. Al sentir el roce de sus erectos pezones contra el pecho de Nikos, Lexi se estremeció y echó la cabeza atrás. Él la besó en la boca y penetró con su lengua en ella mientras Lexi le acariciaba la espalda casi con desesperación. Finalmente, Nikos se apartó y la tomó con ambas manos por el rostro para mirarla a los ojos.

–¿Confías en mí, Lexi? –susurró.

Incapaz de decir nada, Lexi asintió.

–En ese caso, cierra los ojos.

Dispuesta a hacer cualquier cosa que le pidiera Nikos, Lexi cerró los ojos y permitió que la tumbara de espaldas sobre la cama. Dejó escapar un gritito al notar que le ponía algo en torno a los ojos, aunque enseguida se dio cuenta de que se trataba de su corbata.

Luego esperó mientras el deseo se iba acumulando más y más en la parte baja de su vientre.

De pronto noto que algo frío, el champán, comprendió enseguida, caía sobre sus clavículas y luego sobre sus pechos y estómago. A continuación sintió el calor del cuerpo de Nikos sobre ella, justo antes de que sus labios se fundieran en un apasionado y profundo beso. Unos momentos después estaba lamiendo el champán de su cuerpo, incendiándolo con su lengua.

–Nunca me había sabido mejor el champán –murmuró Nikos mientras se deslizaba hacia abajo por su abdomen.

Al sentir su aliento en la parte interna de los muslos, Lexi los cerró movida por el instinto, intensamente ruborizada.

–Yo... Nikos...

–Quiero verte, *thee mou*. Quiero verte entera.

Los muslos de Lexi temblaron mientras permitía que se los separara. Sin darle tiempo a pensar, Nikos separó con los dedos los pliegues de su sexo y deslizó lentamente la lengua por este. Lexi dejó escapar un sensual gemido y sintió que el calor se acumulaba en su vientre como una tormenta mientras Nikos seguía atormentándola con su lengua. Le hizo el amor con su lengua y ella sintió que ascendía por una interminable escalera de placer mientras movía la cabeza de un lado a otro, frenética.

Murmuró el nombre de Nikos una y otra vez, en busca de un ritmo, en busca del anhelado alivio. Sentía que su cuerpo iba a implosionar si no se liberaba pronto. Cuando creía que ya no iba a poder soportarlo más, Nikos la empujó finalmente hacia el orgasmo al succionar su sexo. La explosión de placer que experimentó hizo que el cuerpo le temblara de la cabeza a los pies.

Con un gutural gemido, Nikos se situó sobre ella y la penetró. Lexi se estremeció violentamente bajo su cuerpo, y sintió que entraba en trance cuando empezó a moverse dentro de ella. En la siguiente penetración sintió el cálido aliento de Nikos en su pecho un instante antes de que tomara en su boca el excitado pezón que lo culminaba. En cuanto sintió que la mordisqueaba con los dientes, experimentó un nuevo y electrizante orgasmo.

Clavó las uñas en la espalda de Nikos mientras sentía cómo se iba tensando, hasta que, con una última penetración, él también alcanzó en un tembloroso espasmo la cima del placer.

Lexi se quitó la corbata de los ojos pero los mantuvo cerrados, concentrada en el sonido de sus agitadas respiraciones.

Entonces Nikos volvió a besarla. Lentamente, con suavidad. Lexi saboreó su sudor, su pasión y, sobre todo, saboreó la ternura de aquel beso. Tuvo que respirar profundamente para tratar de controlar la avalancha de sensaciones que se estaban adueñando de ella.

Nikos se tumbó de costado tras ella y la abrazó.

–¿Estás bien, *thee mou*?

Lexi le acarició el antebrazo antes besarle la palma de la mano. Tenía la sensación de que el sexo ya no iba a ser nunca más solo sexo para ella. No supo si alegrarse o entristecerse por ello. Pero era la verdad, y ya se había pasado toda una vida rehuyendo el tema. Había decidido dejar de esconderse de la vida, de permanecer tras la barrera, lo que implicaba que debía aceptarse tal como era.

Estaba en la cama con Nikos porque era él, porque,

a pesar de sus mordaces palabras y su aparente dureza, le gustaba. Le asustaban los nervios de estómago que sentía cuando la miraba, el modo en que su corazón dejaba de latir un instante cuando lo veía sonreír. No podía mentirse a sí misma diciéndose que solo se trataba de atracción o deseo.

–Nunca me he sentido mejor, Nikos –murmuró, y sintió que él sonreía a sus espaldas.

Capítulo 11

Venetia y Tyler se casan mañana por la mañana.

Desde el momento en que había recibido aquel mensaje de su jefe de seguridad, un solo pensamiento había resonado incesantemente en la cabeza de Nikos. ¿Sabía Lexi desde un principio dónde habían estado? ¿Habría estado simulando su aparente preocupación por él durante aquellos días?

Si era así, quería que le confirmara personalmente que lo había engañado a sabiendas.

En cuanto entró en la casa subió a la planta de arriba y se detuvo ante la puerta del dormitorio de Lexi. Giró el pomo de la puerta y entró en la habitación, tan solo iluminada por la luz de la luna. La puerta que daba al jardín y a la piscina estaba abierta. Al asomarse a esta vio a Lexi junto a la piscina.

Algo destelló en la mirada de Lexi cuando se volvió y vio el ceño fruncido de Nikos. ¿Miedo? ¿Vergüenza?

–Nikos, he estado tratando de...

–Has sabido durante todo este tiempo dónde estaban, ¿verdad? –interrumpió Nikos.

–Sí –respondió Lexi tras un momento de silencio.

Nikos experimentó una repentina y extraña sensación de vacío en su interior. Volvió la mirada hacia la azul superficie del agua de la piscina. Se sentía traicionado, dolido y, sin embargo, Lexi no le había hecho ninguna promesa, no le debía nada.

Era culpa suya haber olvidado lo importante. Los cinco días que se había pasado haciendo el amor a Lexi de todas las formas posibles, las cuatro mañanas que había despertado con ella entre sus brazos, habían agrietado sus defensas, su armadura. Cada vez que había hecho el amor con ella había sentido que algo estaba cambiando en su interior y no había sabido cómo detenerlo.

Y mientras Lexi lo manipulaba, él había estado planeando pedirle que se quedara todo el tiempo que quisiera. Incluso tenía un estudio preparado para ella...

El dolor dio paso a una intensa amargura que tuvo que reprimir para poder hablar.

–Lo único que has estado haciendo ha sido manipularme con la esperanza de que ya fuera tarde cuando averiguara dónde estaban Venetia y Tyler, ¿verdad?

Lexi negó vehementemente con la cabeza.

–No te lo dije porque pensaba que solo necesitaban tiempo. Me he estado devanando los sesos pensando en qué era lo mejor para todos...

–Querrás decir lo que era mejor para Tyler. Porque todo lo demás es secundario para ti.

–Esta semana... Nunca me había sentido más viva ni más feliz en mi vida, Nikos. ¿Cómo te atreves a poner eso en duda con tus ridículas acusaciones?

Lexi dijo aquello con una ferocidad tan poco característica en ella que Nikos se quedó momentáneamente paralizado.

–Entonces, ¿por qué...?

De pronto, Tyler salió de detrás del muro.

Al ver la expresión conmocionada de Nikos, Lexi lo tomó de la mano.

–Sé cuánto significa Venetia para ti, Nikos. En cuanto me he enterado de la propuesta de matrimonio me he vuelto loca de preocupación. He pasado toda la tarde tratando de ponerme en contacto con Tyler y le he rogado que hable claro contigo.

Cuando Nikos miró a Lexi a los ojos, la profundidad de los sentimientos que apreció en ellos lo dejaron paralizado. Nadie había tenido nunca en cuenta sus sentimientos, nadie se había preguntado nunca si podía sufrir y sangrar como cualquier otro ser humano, si quería ser amado, valorado, e incluso protegido.

Ni su padre, ni Venetia, ni Savas.

Hasta que un día dejó de sentir por completo. Su corazón se volvió de piedra y lo único que sobrevivió fue su ambición. Y no se había dado cuenta de ello hasta que Lexi había aparecido en su vida.

La sensación que estaba experimentando y que lo tenía tan desconcertado como preso era gratitud, era temor. Pero por cálida o real que fuera, no la quería. Lo único que comprendía, lo único que podía manejar era su deseo por Lexi.

Nada más.

–Quiero a Venetia –dijo Tyler la vez que daba un paso hacia Nikos con la mirada brillante de emoción–. Y no sé cómo decirle que no sin hacerle daño, Nikos. Pero no puedo casarme así, sin recordarla, y después de haber estropeado todas las demás relaciones importantes de mi vida –añadió a la vez que pasaba un brazo por los hombros de Lexi.

Nikos sintió el atávico impulso de apartarle el brazo, de decirle que no tenía ningún derecho sobre ella porque le pertenecía a él. Tuvo que apretar los puños para contenerse.

–Confié en la palabra de Lexi cuando me aseguró que el bienestar de Venetia era lo más importante para ti y que podías encontrar una forma de salir de esto sin hacerle daño –continuó Tyler–. Sé que quieres que desaparezca de su vida, pero te aseguro que lo único que quiero es su felicidad. Puede que Venetia acabe odiándome por esto.

Lexi tiró de la mano de Nikos al ver que no decía nada.

–Di algo, Nikos, por favor. Este es el único modo que se me ha ocurrido de...

Nikos asintió pero no dijo nada, pues no se fiaba de lo que pudiera salir de su boca en aquellos momentos. Lo único que sabía con certeza era que siempre llevaría en su corazón la expresión preocupada y expectante de los ojos de Lexi mientras lo miraba.

–¿Dónde está mi hermana? –preguntó.

–En el hostal del pueblo. Estaba sobreexcitada pensando en la boda de mañana, y muy ansiosa por el hecho de no habértelo dicho, de manera que le he sugerido que se tomara una pastilla para poder descansar. Se ha quedado dormida casi de inmediato –explicó Tyler.

Nikos asintió, una vez más sorprendido. No sabía si Tyler amaba o no a su hermana, pero estaba claro que sabía manejarla.

–Vuelve al hostal y no le digas que has estado aquí. Yo iré a verla por la mañana.

–¿Y la boda? –preguntó Tyler.

–Trataré de convencerla para que, de momento, no siga adelante con ella. Eso significa que tendré que darle mi aprobación respecto a ti.

–¿Y se la vas a dar? –preguntó Lexi, obviamente esperanzada.

Sin poder contenerse, Nikos pasó un brazo por su cintura y la atrajo hacia su costado.

–No te pediré que te vayas de inmediato –dijo finalmente, mirando a Tyler a los ojos–. Mi hermana ya ha sufrido suficiente, y no quiero que sufra más.

–Yo tampoco –replicó Tyler con firmeza–. Y no quiero casarme con Venetia hasta que recupere la memoria, hasta que sea merecedor de ella. Lo único que te pido es la oportunidad de intentarlo.

–La tienes –dijo Nikos mientras se alejaba con Lexi tomada de la mano.

Tyler se quedó mirándolos con una expresión de evidente desconcierto.

¿Había llegado el momento de marcharse?

La pregunta surgió en la mente de Lexi cuando, una vez en el dormitorio, Nikos desapareció para atender una llamada de teléfono.

Ahora que todo estaba resuelto entre Tyler y Venetia, al menos de momento, ya no había motivo para que ella siguiera allí. Sintió que el estómago se le encogía y salió a la terraza. Lo cierto era que no quería irse. No quería dejar a Nikos. Todavía no.

Respiró profundamente para contener las lágrimas. Debía enfrentarse a aquella situación como una mujer adulta. Debía enfocarlo como una aventura de verano.

–¿Lexi?

Al escuchar la voz de Nikos volvió al interior. Estaba desabrochando los botones de las mangas de su camisa y observó el pálido rostro de Lexi con creciente curiosidad. Finalmente, la curiosidad se transformó en cautela.

–Creía que eso era lo que querías para ellos. Una verdadera oportunidad.

–Así es.

–Las cosas no habrían funcionado nunca entre vosotros dos.

–No estoy pensando en Tyler, Nikos –dijo Lexi con un suspiro.

Nikos se acercó a ella y la tomó de las manos. Luego deslizó un dedo por su mejilla.

–Gracias por haberme confiado hoy la verdad.

Lexi sonrió con ternura.

–Creo que te gusta hacer creer a Venetia, a tu abuelo, e incluso a ti mismo, que no comprendes nada sobre el amor, el afecto, o cualquier asunto relacionado con el corazón. Pero yo sé que sí. Sabía que le darías una oportunidad a Tyler si se mostraba sincero.

Nikos sonrió cálidamente.

–Entonces, ¿a qué viene esa tristeza en tu mirada?

–Ya no me necesitas aquí. Es hora de que vuelva a Nueva York...

–Ahhh... de manera que no vas a querer esto –sin darle la oportunidad de protestar, Nikos tomó a Lexi de la mano y tiró de ella para salir del cuarto.

Avanzaron por el pasillo, bajaron las escaleras y, finalmente, Nikos se detuvo ante la puerta de la habitación que más le gustaba a Lexi de la villa. Apenas tenía muebles y la luz del sol la iluminaba casi todo el día.

–Ábrela –dijo Nikos.

Lexi hizo lo que le decía y Nikos encendió la luz tras ella.

En un rincón había una enorme mesa de dibujo con un tablero ajustable en un lateral. Sobre otra mesa cercana había un elegante portátil plateado y una impresora escáner, y junto a la mesa una gran estantería en la que había todo el material de dibujo que Lexi habría podido desear.

Casi parecía que Nikos había extraído aquel estudio de sus sueños.

–¿Te gusta? –preguntó Nikos mientras observaba expectante su expresión.

–Es perfecto –susurró Lexi–. Yo... has pensado en todo. Pero yo... en realidad es solo una afición...

–¿Y por qué tiene que ser solo una afición? No tengo ninguna duda de que tu talento es superior a la media. Deberías acabar tu novela gráfica y publicarla, o escanear algunos dibujos y subirlos a la red. Hay una amplia comunidad de dibujantes *online*, de manera que si eso es lo que prefieres...

Lexi tuvo que hacer un esfuerzo para salir de su estupor.

–¿Cómo sabes todo eso?

–He investigado un poco. A la gente le va a encantar tu trabajo. Estoy seguro de que vas a sobresalir.

Lexi parpadeó. El hecho de que Nikos hubiera pensado tanto en aquello le produjo una emoción inexplicable.

–Pero no sería como Superman, o Spiderman, ya sabes. En realidad no soy tan ambiciosa. Pero sí me gustaría poder pintar algo más, lo suficiente para mantenerme.

Nikos se acercó a ella y apoyó ambas manos en sus hombros.

–Entonces, quédate aquí.

–¿Qué?

–Quédate mientras los dos queramos esto. Creo que incluso tu amigo va a pasar aquí una temporada, ¿no?

Lexi rio ante aquel último incentivo y, si hubiera sido posible, Nikos le habría gustado aún más por ello. Le estaba poniendo muy difíciles las cosas para negarse.

–No puedo aceptar todo esto... –dijo, y se ruborizó intensamente–. No puedo vivir de ti, Nikos. Eso afectaría a todo lo demás. Por favor, trata de...

–Respetaré tus deseos –interrumpió Nikos–. Ya deben de haber ingresado en tu cuenta la segunda mitad de tu sueldo. Quería que evitaras que mi hermana sufriera y creo que has hecho un buen trabajo. Teniendo ese dinero, lo único que te estoy ofreciendo es un lugar en el que quedarte. Es lo mismo que haría por cualquier amigo mío.

Lexi arrugó la nariz.

–Tú no tienes amigos.

Nikos ignoró su comentario.

–Aparte de este estudio, no pienso imponerte nada más. Incluso puedes trabajar unas horas en el hotel si quieres cuando necesiten ayuda.

–¿Es esto lo que quieres? –susurró Lexi, emocionada.

Nikos asintió y se inclinó para besarla en la punta de la nariz. Lexi no pudo evitar sonreír.

–Yo también quiero esto, pero no pienso ser tu parada sexual en Grecia –dijo en el tono más despreocupado que pudo–. El otro día, cuando aquella mujer te tocó, me salió una monstruosa cabeza verde con escamas. Yo no soy tan sofisticada como tus otras...

Nikos se acercó a ella y deslizó las manos tras su trasero y la atrajo hacia sí para hacerle sentir su erección.

–No he pensado en ninguna otra mujer desde que empezaste a liarme la cabeza. Solo te deseo a ti –dijo en un tono de resignada aceptación.

Lexi sonrió y apoyó el rostro contra su pecho. Estar con Nikos la hacía feliz, le hacía sentirse viva por primera vez en su vida. Era tan simple como eso. Y estaba claro que a Nikos le gustaba. Se notaba en sus actos. Y aquello era suficiente para ella. Cuando estaba con él sentía que era una mujer bella y valiente que merecía lo mejor que la vida podía ofrecerle. No estaba dispuesta a permitir que sus preocupaciones sobre el futuro destruyeran su presente, como había hecho durante tanto tiempo.

Rodeó a Nikos con los brazos por la cintura, lo miró y sonrió.

–Me quedo.

Nikos deslizó un pulgar por sus labios con una mirada cargada de calidez y de una luz que Lexi no había visto antes en ella.

–Eso está bien –Nikos dijo aquello en tono desenfadado, pero la profundidad de la emoción que estaba tratando de disimular sin éxito fue suficiente para Lexi.

Se puso de puntillas y lo besó rápidamente en los labios.

–¿Puedo darte mi regalo ahora? Lo enviaron finalmente ayer por la tarde y estoy deseando enseñártelo.

–¿Un regalo? –Nikos preguntó aquello como si acabara de apuntarlo con una pistola.

–No es tan fantástico como este estudio, pero he pensado que...

Nikos la silenció apoyando un dedo en sus labios.

–Ve a por el regalo, *thee mou.*

Lexi subió rápidamente a su cuarto y regresó un minuto después con un colorido paquete en la mano.

Al ver la expectante expresión del rostro de Lexi, Nikos sintió que aquel era uno de los momentos más peligrosos con que se había enfrentado en su vida. Sintió que su frente se cubría de sudor frío. Por un lado quería irse corriendo de allí y no volver a mirar el paquete, pero por otro se estaba muriendo por ver lo que había dentro, como el niño que nunca había sido.

Sin decir nada, tomó el paquete de manos de Lexi y lo abrió. En su interior había una sencilla camiseta de algodón blanco doblada. Cuando la extendió, se quedó paralizado. La camiseta llevaba impreso un dibujo de Spike, el pirata del espacio. Era como la que Lexi llevaba de la señorita Havishan, solo que coloreada. Spike vestía unos pantalones y un chaleco de cuero. De su cintura colgaba una pistola. El dibujo era increíblemente detallado, pero fue el rostro lo que llamó la atención de Nikos.

Spike miraba a algo en la distancia con expresión fascinada. Nikos supo de inmediato que aquello reflejaba el momento en que Spike descubre que la propia señorita Havisham es la llave que abre el portal del tiempo.

Se sintió como si alguien acabara de meterle la mano en el pecho para presionar su corazón y lograr que volviera a latir. Aquello era lo más maravilloso que le había regalado nunca nadie, y también lo más peligroso. De pronto sintió la increíble urgencia de poseer aquella llave del tiempo para retirar todo lo que le había dicho a Lexi durante la pasada hora, para volver a la época en que Lexi aún no había entrado en su vida, cuando aún tenía sus emociones a buen recaudo, cuando aún no había empezado a buscar a su padre más allá de la amargura de su enfado con él. Apretó los puños y masculló una maldición.

–¿Nikos?

Nikos miró a Lexi y vio que su labio inferior temblaba. Cuando esta alargó una mano hacia él para quitarle la camiseta, la retiró justo a tiempo.

–Probablemente ha sido una idea muy tonta –dijo Lexi, y la cautela de su mirada hizo salir a Nikos de su ensimismamiento.

No pensaba estropear aquel momento para ella. Se dijo que aquel era el único motivo por el que estaba haciéndolo, pero ni siquiera él quedó convencido con su propia explicación. En un abrir y cerrar de ojos, se quitó la camisa y se puso la camiseta.

Al ver cómo se iluminaba la mirada de Lexi, sintió la necesidad de rehuirla.

–Tal vez Spike debería matar a la señorita Havisham –dijo, tratando de contener sus emociones–. A fin de cuentas es un pirata sin corazón ni escrúpulos, ¿no? No va a enamorarse milagrosamente de ella y pretender salvarla.

–Nunca dije que fueran a tener un final feliz –contestó Lexi–. Y si crees que Spike puede matarla así como así es que subestimas a la señorita Havisham. No va a permitir que nadie la mate, y menos aún Spike –mientras hablaba, Lexi tomó la parte baja de la camiseta y tiró de ella hacia arriba.

–Es demasiado ceñida, ¿no? Debería haber encargado una talla más grande –dedicó un guiño a Nikos y empezó a tirar de ella hacia arriba–. Ahora va a resultar realmente difícil quitártela.

Nikos tragó saliva al ver el destello de deseo que iluminó los ojos azules de Lexi, y permitió que su propio deseo por ella acallara las campanillas de advertencia que no dejaban de sonar en su cabeza.

Capítulo 12

PASÓ una semana entera antes de que Nikos dejara a Lexi para acudir a una reunión con Theo Katrakis a bordo de su yate. Una reunión que Theo había solicitado días atrás. Nikos se había mantenido aquellos días alejado de sus negocios. Su creciente deseo por Lexi, la situación que estaba viviendo con ella, no tenía precedentes en su vida. Y según pasaban los días, sentía que las dudas que experimentaba de noche estando con Lexi se iban solidificando en una fría y dura verdad.

El hecho de haber sido capaz de posponer aquella reunión con Theo después de haber pasado un año cultivando cuidadosamente su asociación resultaba realmente desconcertante, y empezaba a no reconocerse a sí mismo. Para ser un hombre cuyas relaciones románticas nunca habían durado más de unas horas, mantener la relación que estaba manteniendo con Lexi era como sentarse sobre una caja de explosivos.

Cuando una de aquellas noches experimentó un ataque de pánico porque Lexi no estaba a su lado en la cama y su frente se cubrió de sudor frío ante la posibilidad de que lo hubiera abandonado, como hizo su madre, como hizo su padre, comprendió que tenía que hacer algo. Si se permitía sentir tanto, solo lograría sufrir. Pero después de haber sobrevivido a todo lo que había sobrevivido en la vida para llegar a donde estaba, no quería saber nada de más dolor.

Al escuchar un sonido a sus espaldas, se volvió.

Theo avanzaba hacia él por cubierta con el ceño fruncido. Tras estrechar la mano de Nikos, lo sometió a un intenso escrutinio. Nikos lo invitó a sentarse y ocupó otro asiento frente a él.

–Me sorprendió enterarme de que querías retrasar nuestra reunión, Nikos. Tu hermana ya está a salvo, ¿no?

Nikos asintió apretando los dientes. No podía culpar a Theo por la duda que había en su mirada.

–¿Sigues interesado en una alianza entre nosotros? –añadió Theo.

–Por supuesto. Nuestra alianza es lo que más me importa en estos momentos.

–En ese caso, tengo tres votos más de mi lado. Me apoyarán incondicionalmente y Savas dejará de controlar la junta.

Nikos sonrió. Tenía su sueño al alcance de la mano. Por fin iba a obtener el premio que merecía. Estrechó la mano de Theo. Quería celebrar aquello de inmediato con Lexi, quería...

–Pero hay una condición –continuó Theo.

–Dime cuál es el precio, Theo –replicó Nikos, que contaba con aquello.

–Cásate con mi hija, Nikos. Une el apellido Demakis al de Katrakis para siempre.

Nikos sintió un intenso zumbido en los oídos. Se levantó y se volvió para aferrarse a la barandilla del barco. Reprimió el impulso de manifestar de inmediato su negativa. Experimentó un intenso desagrado al pensar en Eleni Katrakis. Encontraría otra forma de alcanzar su meta. Ni siquiera era capaz de imaginarse a sí mismo mirando a otra mujer que no fuera Lexi...

De pronto, y a pesar del sol que caía a plomo sobre el barco, experimentó un escalofrío. ¿De verdad se estaba planteando abandonar la misión que se había propuesto en la vida por una mujer?

Él no tenía nada que ofrecer a Lexi, una mujer amable, generosa, afectuosa. Cuanto antes siguiera cada uno con su vida, mejor.

Ambos habían sabido desde el principio que aquello solo podía ser una aventura pasajera.

Lexi nunca se había sentido más intimidada en su vida, a pesar de que, por una vez, vestía la ropa adecuada, el calzado adecuado, e incluso se había maquillado con esmero.

Asistía a la fiesta de inauguración del hotel del otro lado de la isla, el mismo que Nikos y ella habían «bautizado» de forma tan colorida dos semanas antes.

Entre los invitados había celebridades de todas partes del mundo, pero había sido la presencia de Savas Demakis la que más había inquietado a Lexi. Después de lo que había oído sobre él, había imaginado que casi daría miedo, que tendría un aspecto cruel, pero no era muy distinto a los demás hombres reunidos allí aquella noche. Pero cuando se había detenido un momento a hablar con ella y le había empezado a hacer una pregunta tras otra sin ni siquiera haberse molestado en saludarla, Lexi habría salido corriendo de la fiesta de no ser porque llevaba tres días sin ver a Nikos. Este había pasado una semana con ella, Tyler y Venetia y habían disfrutado juntos de unos días realmente maravillosos y relajantes, al menos hasta que

Nikos había tenido que irse para asistir a una importante reunión de negocios. Desde entonces no había vuelto a verlo.

Según Venetia, todos los miembros de la junta de Demakis International estaban en la inauguración y se iba a hacer un importante anuncio sobre la empresa.

Cuando escuchó el sonido de un helicóptero acercándose, su corazón latió más deprisa. Tomó una copa de champán de la bandeja que sostenía un camarero y fue a sentarse a la mesa que ocupaban Venetia y Tyler. En cuanto Nikos bajó del aparato se vio rodeado por un enjambre de invitados.

Rodeado de tantos hombres y mujeres poderosos, Nikos parecía un hombre muy distinto al que la había sorprendido con el estudio. Su mirada recorrió la multitud y, tras encontrarla, se detuvo en Lexi, que la sintió como si se hubiera acercado a ella y la hubiera tocado.

Unos minutos después, los invitados empezaron a ocupar sus asientos en las mesas y empezaron los discursos.

Lexi había supuesto que Nikos, o el empresario norteamericano Nathan Rodríguez, serían los que hablarían, pero fue el anciano que había acudido a ver a Nikos con su hija el que lo hizo. Se presentó como Theo Katrakis, miembro de la junta directiva de Demakis International, y a continuación comenzó a describir en detalle los importantes logros de Nikos para la empresa.

El corazón de Lexi latió con más fuerza. Finalmente, Nikos había logrado aquello por lo que tanto se había esforzado.

Nikos era el nuevo director de Demakis International. Theo rio tras hacer el anuncio y a continuación invitó a su hija Eleni Katrakis y a Nikos a subir a la tarima. Con Nikos a un lado y su hija al otro, Theo desplegó una radiante sonrisa mientras hacía un comentario a Savas.

La amplia sonrisa que curvó los labios de Savas bastó para que Lexi comprendiera la verdad.

Nikos estaba comprometido con Eleni Katrakis.

Sintió que su corazón se hacía añicos en su pecho. Apenas escuchó la maldición que mascculló Tyler a la vez que la tomaba de la mano, ni se fijó en la conmocionada mirada que dedicó Venetia sucesivamente a su hermano y a ella.

Pero nada fue comparable al salvaje brillo de triunfo en la mirada de Savas Demakis.

Había logrado que la historia no volviera a repetirse.

Había exigido que Nikos pagara un precio por convertirse en director de la empresa y Nikos lo había pagado con su corazón. Y con el de ella.

Porque, a pesar de sus esfuerzos por evitarlo, estaba perdidamente enamorada de él.

«Spike debería matar a la señorita Havisham».

Nikos ya le había dicho cómo iba a acabar aquello.

Lexi deseó que se la tragara la tierra en aquel instante. Habría querido poder volar de vuelta a Nueva York en aquel mismo instante. Si volvía a ver a Nikos, se desmoronaría y probablemente le rogaría con desesperación que la amara como ella lo amaba a él.

Respiró profundamente para tratar de contener la desesperación que se estaba adueñando de ella. No pensaba aceptar aquello sin hacer nada al respecto. Si de todos modos iba a perder a Nikos, pensaba hacerle enfrentarse con lo que había hecho. Nikos le había enseñado lo que era vivir, y pensaba asegurarse de que entendiera a qué estaba renunciando.

Pasaron horas antes de que Nikos lograra librarse de todas sus obligaciones. Cada miembro de la junta quería felicitarlo, cada inversor quería conocerlo. Había tenido que hacer verdaderos esfuerzos para seguir allí, diciéndose que aquel era el momento por el que tanto se había esforzado a lo largo de quince duros años de trabajo.

Al llegar había visto a Lexi sentada en una mesa del fondo, con un vestido azul que le daba un aspecto tan encantador por fuera como lo era por dentro. Ningún otro pensamiento cruzó su mente hasta que Theo hizo el anuncio.

Al ver la expresión de Lexi, se había sentido como si acabara de tragar un trozo de cristal roto. Solo entonces comprendió lo que había puesto en marcha.

En aquellos momentos estaba ante la puerta abierta del estudio, contemplando aturdido a Lexi, acurrucada sobre un sillón reclinable. Creía que se habría ido, asqueada. Tal vez incluso lo había deseado, como un cobarde sin carácter. Estaba a punto de darse la vuelta para irse cuando Lexi abrió los ojos. Al verlo sonrió con tristeza

–Felicidades, Nikos.

–Llevas el vestido que elegí para ti –dijo él con voz ronca.

–Me lo he puesto para ti. Me hacía sentirme diferente, segura de mí misma. Quería estar guapa esta noche. Tenía la sensación de que iba a ser especial.

–Nunca he visto a una mujer más preciosa.

Lexi suspiró temblorosamente.

–Por una vez, te creo.

–No tenía ni idea de que Theo iba a hacer el anuncio esta noche.

–¿Ya te has acostado con ella? –preguntó Lexi con expresión resignada.

–Claro que no –contestó Nikos enfáticamente–. Ni siquiera la he mirado.

–¿Se supone que eso debe hacer que me sienta mejor? –Lexi no esperaba respuesta, de manera que enseguida añadió–: Dime que me vaya. Dime que has acabado conmigo, que nuestra pequeña aventura ha terminado, que tienes cosas más importantes de las que ocuparte.

–Sabes que no es...

–¡Dime que ha llegado el momento de que me vaya! –la furia de Lexi desconcertó a Nikos. En aquellos instantes parecía una tigresa, no la delicada mujer que conocía–. ¿Esperabas que ya me hubiera ido, llorosa y con el corazón roto? ¿O creías que estaba tan desesperada por que me amaras que habría aceptado cualquier cosa?

–Tuve que elegir. Este matrimonio no es más que un acuerdo de negocios.

Lexi sabía que la única posibilidad que tenía de sobrevivir en aquellos momentos era aferrarse a su rabia.

–¿Crees que puedo encontrar algún consuelo en el hecho de que estés destrozando tu vida junto con la mía? No tienes idea de cuánto me aterroriza pensar en dejarte. Ni siquiera puedo respirar si pienso que no voy a volver a verte –dijo Lexi mientras avanzaba hacia Nikos.

Cuando llegó hasta él, se limitó a ponerse de puntillas para besarlo en la mejilla. Luego apoyó el rostro contra su pecho y lo abrazó con fuerza, como queriendo memorizar su aroma, las sensaciones que despertaba en ella.

–Me paraliza saber que no volveré a verte, que no volveré a escuchar tu voz, que no volveré a besarte, que nadie volverá a pensar que soy bella... –a pesar de que su voz se quebró, Lexi continuó hablando–. Que nadie volverá a decirme que me espabile y luche por mí misma, que nadie volverá a pensar que soy extraordinaria. Nunca me ha aterrorizado tanto la idea de que nunca llegue a amarme nadie, Nikos. Estoy enamorada de ti y creo que siempre lo estaré. Si no estuvieras tan cegado por tu ambición...

Nikos se apartó de ella como si acabara de darle una bofetada.

–Te he dicho cosas que no le he dicho nunca a nadie. No se trata de ambición o codicia. Debes comprender...

Lexi habría querido zarandearlo para hacerle ver la verdad que tenía ante sus ojos.

–Si sigues pensando que esto es una victoria sobre tu padre, te equivocas. El acuerdo al que has llegado tan solo es tu victoria sobre el miedo que siempre has tenido a ser como él. Pero, a pesar de todos tus esfuerzos, lo cierto es que eres como él. Sientes algo por mí –apoyó una mano en el pecho de Nikos antes de añadir–: Sé que lo sientes aquí. Te estás apegando a mí y eso te aterroriza. Te aterroriza darte cuenta de que podrías ser igual que tu padre, de que, si permitieras que lo que sientes por mí enraizara, te devoraría desde el interior y dejarías de tener control sobre ti mismo. Y tu abuelo te ofreció el mejor camino para reprimir todo eso, para mantenerlo bajo control, ¿verdad?

–Savas no tuvo nada que ver con eso.

–Savas tuvo todo que ver con eso. A ambos os aterroriza lo mismo. Por eso eres capaz de decirte que soy algo secundario en tu vida, que tus emociones no tienen poder sobre ti. Me estás rompiendo el corazón y estás enterrando el tuyo en el proceso. Y espero que la vida que te aguarda sea tan miserable como la que sin duda me aguarda a mí sin ti.

Capítulo 13

NIKOS estaba sentado en el sillón de cuero de su nuevo despacho de director de Demakis International. Había superado todos los obstáculos que le había puesto su abuelo. Aquel sillón era el merecido premio que había ganado tras muchos años de duro trabajo.

Pero no tenía ninguna sensación de triunfo. Lo cierto era que se sentía vacío, frustrado. Creía que Lexi había llegado a entender por qué necesitaba todo aquello, pero no había sido así.

Con un suspiro, tomó la botella de champán que había en un cubo con hielo sobre la mesa y la descorchó justo cuando su abuelo entraba en el despacho.

–Felicidades –dijo Savas mientras se encaminaba ayudado por su bastón hasta la mesa y aceptaba la copa que le dio Nikos–. Has demostrado ser merecedor del apellido Demakis.

Nikos asintió y tomó un sorbo de su copa.

–¿Acudió mi padre en busca de tu ayuda cuando mi madre enfermó? –preguntó de pronto, a pesar de saber que aquel no era el momento más adecuado.

Savas frunció el ceño.

–No vas a ganar nada hurgando en el pasado, Nikos. Lo has hecho muy bien hasta ahora. No mires atrás –dijo mientras se volvía para encaminarse hacia la puerta.

Nikos se levantó y se interpuso en su camino.
–Contesta a mi pregunta. ¿Acudió mi padre en tu ayuda?
–Sí –contestó Savas sin dudarlo.
–¿Y qué hiciste?
–Le puse una serie de condiciones, como hice contigo.
–¿Qué condiciones?
–Le dije que me ocuparía de todos los gastos médicos que necesitara su mujer y que le daría el suficiente dinero para vivir bien el resto de su vida. A cambio tenía que dejar a tu madre. Pero en lugar de aceptar lo que le ofrecí, decidió seguir como estaba.
La sangre se heló en las venas de Nikos. Todo lo que tenía que haber hecho su padre para que su mujer sufriera menos habría sido dejarla. La culpabilidad que debió de experimentar por no haberlo hecho debió de ser terrible.
–¿Por qué? –preguntó Nikos mientras su impotencia se transformaba en rabia–. ¿Cómo pudiste pedirle algo así?
Savas se mantuvo erguido y no rehuyó su mirada.
–Ella me lo robó. Me robó a mi único hijo, al heredero de mi imperio. Lo debilitó. ¿Y qué obtuvo a cambio? Pobreza, hambre, fracaso...
–Ella no lo debilitó, Savas. Mi padre ya era un hombre débil.
Savas se estremeció visiblemente. El cansancio y el dolor que mantenía a raya con mano de hierro asomaron de pronto a su rostro. Nikos contempló conmocionado su expresión, que también revelaba un intenso arrepentimiento.
–No podía permitir que tú cometieras el mismo

error, Nikos. Te mantuve a distancia y te hice pasar por pruebas muy duras. No debías convertirte en alguien débil como tu padre, incapaz de cumplir con su deber.

–De manera que manipulaste a Theo para que hiciera un trato conmigo. Mi matrimonio con Eleni Katrakis fue idea tuya, ¿verdad?

–Sí. Me enteré de lo de la norteamericana, de lo colado que estabas por ella, de cómo te había hecho cambiar de opinión incluso respecto a Venetia, y decidí que debía intervenir antes de que las cosas volvieran a torcerse.

–¿Pero no lo comprendes, Savas? Cuando mi padre murió, Venetia y yo necesitábamos tu amor, tu apoyo. En lugar de ello utilizaste en tu favor la rabia que yo sentía por mi padre. Me hiciste odiar a mi propio padre. Pero yo no soy débil como él, ni un amargado como tú –dijo Nikos.

En aquel momento supo con certeza que su amor por Lexi nunca lo debilitaría. Él tenía un corazón, un corazón que dolía, que sangraba y, sobre todo, que era capaz de amar.

Sin pensárselo dos veces, fue hasta el escritorio, tomó los papeles de su nombramiento como director con mano temblorosa y se los entregó a su abuelo.

–Sé que lo que hiciste se debió a un retorcido sentimiento de culpa y amor. Trataste de convertirme en un hombre más fuerte que mi padre. Y lo cierto es que lo soy. Jamás he evadido mi deber con mi hermana y jamás traicionaré tu confianza en mí. Pero Lexi forma parte de mí, Savas. Ella me hace más fuerte, colma mi vida de felicidad –miró en torno a sí y suspiró–. Te he demostrado muchas veces mi valía. Merezco dirigir Demakis International, pero no pienso pagar el precio que me pides. No pienso perder a la mujer que amo, como tampoco me pegaré un tiro si la pierdo. Si quieres que dirija esta empresa, tendrá que ser con ella a mi lado. No pienso seguir viviendo mi vida basándola en lo que hizo mi padre o en ti. Ahora tengo que ser yo mismo.

Lexi estaba abriendo una lata de sopa cuando llamaron a la puerta. Estar de vuelta en el apartamento que había compartido con Tyler y Faith, a la que había cantado las cuarenta nada más llegar y que se había ido, no le estaba ayudando a salir del estado de vulnerabilidad en que se encontraba. Se había planteado en más de una ocasión llamar a Nikos para ver cómo estaba, pero en cuanto recordaba su compromiso con Eleni Katrakis volvía a enfurecerse. Aquella furia era lo único que la estaba manteniendo en pie, y no quería ni pensar en lo que pasaría cuando también se le pasara.

Volvieron a llamar.

Con un suspiro, Lexi fue hasta la puerta, puso el ojo en la mirilla y se echó atrás como si acabaran de morderla.

Era Nikos quien llamaba. Temió que el corazón se le saliera del pecho y las lágrimas se acumularon en sus ojos con la fuerza de una tormenta.

–Abre la puerta, Lexi. Sé que estás ahí.

Lexi respiró profundamente dos veces para tratar de contener sus emociones antes de abrir. Al hacerlo sintió el impacto de la presencia de Nikos en todo su cuerpo. Lo miró nerviosamente.

–Si vienes a por el portátil, lo siento, pero no pienso devolvértelo –tenía que mantener el tono ligero o se desmoronaría allí mismo en un mar de lágrimas.

–¿A eso crees que he venido? ¿A por el portátil? –preguntó Nikos con el ceño fruncido mientras entraba en el apartamento.

Con un suspiro, Lexi cerró la puerta y se apoyó contra esta.

–¿Dónde está tu prometida? –preguntó de inmediato.

–Supongo que en Atenas, con su amante.

–Si ahora me vas a hablar de lo abierto y sofisticado que va a ser tu matrimonio, más vale que te vayas ahora mismo de aquí. Tengo trabajo entre manos.

Nikos se quitó la chaqueta y la dejó en un sillón. Tras subirse las mangas de la camisa, tomó un dibujo que había en un sillón y se puso a mirarlo mientras lanzaba despreocupadamente su bomba.

–El compromiso se ha cancelado.

Lexi se quedó boquiabierta. Por un instante se preguntó si habría imaginado aquellas palabras, si habría caído en una realidad alternativa en la que Nikos volvía a ella para profesarle su imperecedero amor.

Nikos se acercó al tablero en que Lexi estaba dibujando el penúltimo capítulo de la historia de la señorita Havisham. Contempló la última viñeta, en la que aparecía la señorita Havisham sobre el cuerpo inmóvil de Spike. La severa mirada que a continuación dedicó a Lexi dejó a esta sin aliento.

–¿Entonces ella lo mata?

Lexi asintió, haciendo un esfuerzo por contener las lágrimas.

–Al menos en ese boceto.

–¿Qué quieres decir?

–Aún no me he decidido sobre el final. Tengo una entrevista con una editorial en dos días, pero aún no estoy segura. La señorita Havisham tiene que demostrar a Spike de qué es capaz para que no vuelva a subestimarla nunca, pero puede que solo le rompa algún hueso. Tal vez lo acabe convirtiendo en su socio. ¿Quién sabe?

Nikos parpadeó.

–Estás pasándotelo en grande con esto, ¿no?

–Sí. He asimilado por completo el hecho de que la vida de Spike está en mis manos y puedo infligirle el daño que quiera –Lexi alzó ambos pulgares, una parodia para ocultar su sufrimiento–. Pero, una vez más, solo se trata de una ilusión.

Nikos volvió a echar un vistazo a los dibujos.

–Has hecho mucho en una semana.

–El dinero que me pagaste me servirá para no tener que trabajar tanto durante unos meses. He decidido intentar en serio lo de dedicarme al dibujo.

–Eso es genial –dijo Nikos mientras volvía a ponerse a caminar de nuevo por la habitación.

Lexi tuvo que apretar los puños para no lanzarse sobre él. ¿Cómo se atrevía a contarle que había cancelado su compromiso sin decir nada más? Pero no pensaba pedirle los detalles.

–¿Quieres dejar de caminar de un lado para otro, Nikos? Estás empezando a asustarme. ¿Qué sucede? ¿Está todo el mundo bien?

–Sí, todos están bien. Venetia nos está volviendo locos a Tyler y a mí con sus planes para la boda del siglo.

–¿Ya han decidido una fecha?

–Sí. Dentro de dieciocho meses. Siento un renovado respeto por Tyler por el hecho de que haya sido capaz de convencerla para que acepte una fecha tan lejana.

–Si tu hermana está bien y tú sigues siendo el director de Demakis International –dijo Lexi sin poder contener su amargura–, ¿qué haces aquí?

Nikos se acercó a ella y deslizó un dedo por sus ojeras. Había tal desolación en su mirada, tal y tan clara necesidad, que Lexi sintió que temblaba de pies a cabeza.

–Siento un profundo dolor en mi corazón, *thee mou*, como si alguien lo estuviera horadando lentamente. Jamás había sentido tanto dolor.

Lexi se sintió prácticamente mareada ante la emoción de las palabras de Nikos.

–Tú no tienes corazón –quiso sonar cortante, pero sonó inmensamente triste.

–Al parecer lo tengo. Tú lo hiciste revivir cuando entraste en mi vida.

–Yo no entré en ningún sitio. Tú me manipulaste –la garganta de Lexi se llenó de lágrimas–. Me hiciste ver la verdad y luego... –golpeó a Nikos en el pecho antes de continuar–. Nunca he estado más enfadada con nadie en mi vida. Te odio por haberme hecho esto.

Nikos la rodeó con sus brazos.

–No tanto como me odio a mí mismo. No hay un solo insulto en mi idioma y en inglés que no me haya dedicado a mí mismo estos días. Tenía todo un discurso preparado para pedirte perdón, pero ya no recuerdo una palabra. Cada vez que estoy cerca de ti me desenredas un poco más. Tú me demuestras hasta qué punto puedo sentir realmente, hasta qué punto puedo sufrir. Y eso me asusta un poco, Lexi.

Las lágrimas se derramaron finalmente por las mejillas de Lexi. No tenía defensas contra Nikos. No después de oírle decir aquello.

–No llores, corazón mío. No puedo soportarlo –Nikos la tomó por la barbilla y la miró a los ojos con un enternecedor destello de inseguridad–. Estoy desesperadamente enamorado de ti, Lexi. Mi vida está aterradoramente vacía sin ti a mi lado. Ya no me asusta el inmenso poder que tienes sobre mí, sobre mi felicidad. Quiero pasar el resto de mi vida amándote, *yineka mou.*

El corazón de Lexi estaba latiendo tan rápido que temió sufrir un ataque.

–¿Lo dices en serio?

Nikos asintió con el corazón en los ojos.

–Claro que sí. Eres la persona más maravillosa que he conocido en mi vida y quiero vivirla contigo. Quiero tener una familia contigo. Quiero hacerte el amor cada noche y cada mañana. Quiero ser el primero en ver tus dibujos. Quiero cuidarte y que me cuides. Pero, por favor, dime que no quieres una boda tan elaborada como la de Venetia o me moriré.

–¿Qué? –fue todo lo que pudo decir Lexi al escuchar aquello.

Nikos se inclinó y la besó en la frente.

–Quiero casarme contigo en cuanto sea posible, *yineka mou.* Creo que pasaremos nuestra luna de miel en el yate. He prometido a Savas que volvería dentro de un mes para asumir oficialmente mi puesto de director de Demakis International.

–¿Y ha aceptado? –preguntó Lexi, conmocionada ante tanta novedad.

–No le di otra opción. Le dije que el puesto de director no significaría nada para mí si tú no estabas a mi lado –Nikos sujetó ambas manos de Lexi tras su espalda a la vez que le hacía alzar la barbilla–. Dime que esto es lo que quieres tú también. Dime que me quieres.

Lexi sonrió a pesar de las lágrimas que seguían rodando por sus mejillas.

–Te quiero, Nikos. Me hiciste desear vivir mi propia vida y, aunque eso ya fue mucho, me he dado cuenta de que sería mucho más feliz viviéndola contigo. No quiero pasar un minuto más negándome esa felicidad.

Nikos suspiró y apoyó su frente contra la de Lexi.

–No tendrás que hacerlo. Todo lo que deseo es tu felicidad, nuestra felicidad, *thee mou* –dijo, y selló su promesa con un beso que hizo que todo el estrés y la tensión de Lexi se esfumaran–. Aunque pienso que antes tendré que matar al tal Tony Stark –añadió Nikos.

–¿Qué?

–En tu camiseta pone *Quiero a Tony Stark,* y no te está permitido querer a nadie excepto a mí.

Lexi rio, encantada ante la celosa expresión de Nikos.

–Lo siento, pero eso forma parte de la profesión de dibujante. Suelo estar enamorada a la vez de dos o tres héroes de ficción. Últimamente ha sido Iron Man. Y ya que no puedes competir con él, será mejor que...

Lexi dio un gritito cuando Nikos la arrinconó contra la pared con su poderoso cuerpo.

–Para cuando haya acabado contigo esta noche no recordarás ni tu propio nombre, y menos aún el de algún otro. El único que gritarás será el mío.

Lexi tembló ante la oscura promesa de sus palabras, y reprimió una risa cuando Nikos la tomó en brazos y se encaminó con ella hacia el sofá.

–El dormitorio está ahí –dijo, señalando en dirección contraria–. Han pasado trescientas cuarenta horas y treinta y tres minutos.

–¿Qué?

–Desde que me hiciste el amor la última vez.

–Creo que te has vuelto adicta al sexo, señorita Nelson.

–No –dijo Lexi con una sonrisa a la vez que se acurrucaba contra el pecho de Nikos, feliz–. Me he vuelto adicta a ti, señor Demakis.

Bianca™

Quedó hechizado por su inocente belleza

Condenada a una vida de normas y restricciones, la princesa Leila de Qurhah se sentía como una marioneta que bailara al son que tocaba el sultán. Desesperada por conseguir ser libre, sabía que solo había un hombre que tuviera la llave para abrir el candado de su prisión.
Lo último que se había esperado el famoso magnate de la publicidad Gabe Steel al llegar al reino de Qurhah era encontrarse a una atractiva joven en su habitación de hotel… y que le pidiera trabajo. Desconocía su condición de princesa y hasta dónde iba a estar dispuesto a llegar para salvarla del escarnio público.

La princesa cautiva

Sharon Kendrick

¡YA EN TU PUNTO DE VENTA!

Acepte 2 de nuestras mejores novelas de amor GRATIS

¡Y reciba un regalo sorpresa!

Oferta especial de tiempo limitado

Rellene el cupón y envíelo a

Harlequin Reader Service®

3010 Walden Ave.

P.O. Box 1867

Buffalo, N.Y. 14240-1867

¡Si! Por favor, envíenme 2 novelas de amor de Harlequin (1 Bianca® y 1 Deseo®) gratis, más el regalo sorpresa. Luego remítanme 4 novelas nuevas todos los meses, las cuales recibiré mucho antes de que aparezcan en librerías, y factúrenme al bajo precio de $3,24 cada una, más $0,25 por envío e impuesto de ventas, si corresponde*. Este es el precio total, y es un ahorro de casi el 20% sobre el precio de portada. !Una oferta excelente! Entiendo que el hecho de aceptar estos libros y el regalo no me obliga en forma alguna a la compra de libros adicionales. Y también que puedo devolver cualquier envío y cancelar en cualquier momento. Aún si decido no comprar ningún otro libro de Harlequin, los 2 libros gratis y el regalo sorpresa son míos para siempre.

416 LBN DU7N

Nombre y apellido (Por favor, letra de molde)

Dirección Apartamento No.

Ciudad Estado Zona postal

Esta oferta se limita a un pedido por hogar y no está disponible para los subscriptores actuales de Deseo® y Bianca®.

*Los términos y precios quedan sujetos a cambios sin aviso previo.

Impuestos de ventas aplican en N.Y.

SPN-03

©2003 Harlequin Enterprises Limited

TENTACIÓN ARRIESGADA

ANNE OLIVER

Lissa Sanderson estaba pasando por el peor momento de su vida, y justo entonces tuvo que aparecer el mejor amigo de su hermano, el guapísimo e inaccesible Blake Everett, del que siempre había estado enamorada a pesar de su mala reputación y su carácter reservado y solitario.
Pero Lissa ya no era una adolescente cándida y soñadora, y Blake no era tan inmune a sus encantos de mujer como aparentaba ser...

¿Caería en la tentación el taciturno e irresistible Blake?

¡YA EN TU PUNTO DE VENTA!

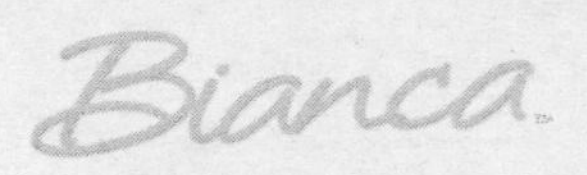

Tendría que recordar para llegar a comprender la tensión sexual que había entre ellos…

Tras una larga amnesia, Magenta James, una madre soltera que no llegaba a fin de mes, sintió que su vida volvía a encauzarse al conseguir una buena entrevista de trabajo. Sin embargo, sus esperanzas murieron cuando se encontró con la mirada color zafiro de Andreas Visconti al otro lado del escritorio…

El magnate de los negocios, de origen italiano, era el padre de su hijo, pero al no ser elegida para el puesto supo con certeza que su relación no había terminado bien…

El recuerdo de sus caricias

Elizabeth Power

5

¡YA EN TU PUNTO DE VENTA!